2
Two
著：風見鶏
イラスト：緋原ヨウ
Kazamidori
illust.
Yoh Hihara
「お願いごとがございます。
〝蟻〟を一匹、討伐していただきたいのです」
ブラン・マンジェ
太っちょ貴族は迷宮でワルツを踊る
The fat noble dances a waltz in the labyrinth

ミトロフ
カヌレ

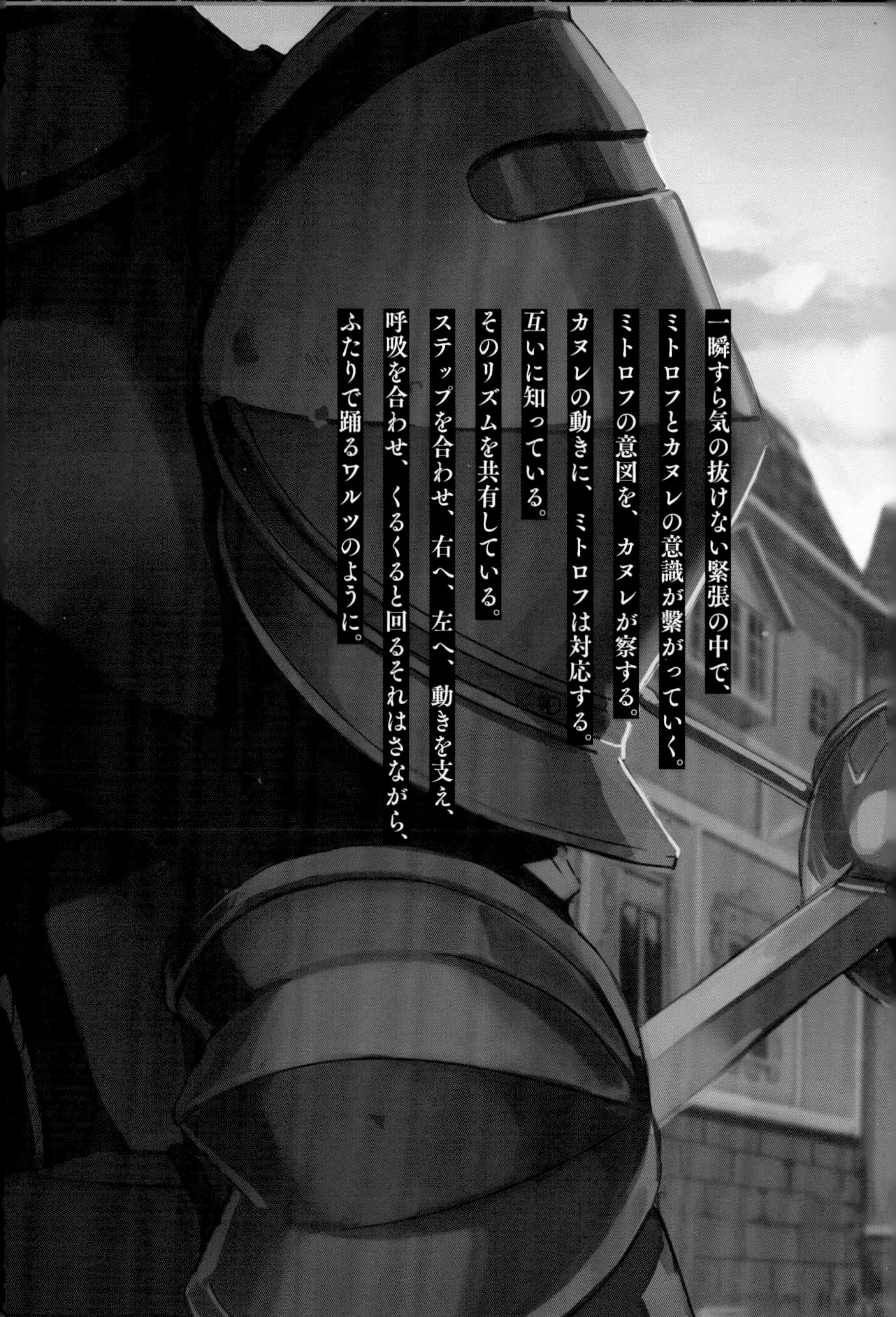
一瞬すら気の抜けない緊張の中で、
ミトロフとカヌレの意識が繋がっていく。
ミトロフの意図を、カヌレが察する。
カヌレの動きに、ミトロフは対応する。
互いに知っている。
そのリズムを共有している。
ステップを合わせ、右へ、左へ、動きを支え、
呼吸を合わせ、くるくると回るそれはさながら、
ふたりで踊るワルツのように。

像が重なる。

少女が、自分を見下ろしている。

長い白金色の髪が垂れ下がり、毛先がミトロフの鼻をくすぐった。

少女の白く滑らかな頬には涙の筋がある。

水をたたえた瞳の透けるような黄色は、まるで――

「〝甘い蜜〟のようだ」

「――ミトロフ、さま？」

2
Two
著：風見鶏
イラスト：緋原ヨウ
Kazamidori
illust.
Yoh Hihara
太っちょ貴族は迷宮でワルツを踊る
The fat noble dances a waltz in the labyrinth

CONTENTS

プロローグ

「金だ、金がほしい。この世のすべては金なんだ」

と、ミトロフは呟《つぶや》いた。

貴族として生まれたミトロフは、あらゆる制約の中で生きてきた。幼いころは毎日のように習い事を受け、遊び時間というものはない。食事のときですら横に家庭教師がつき、作法や食材の知識を講釈される。

読むことを許される本といえば、歴史書やらお家の創設からの伝記など、娯楽ではなく教養として押し詰められる知識だ。

貴族のマナーとしてダンスを学び、もはや廃れた伝統である決闘のための剣技を学び、領地の経営術を学び、いかに優雅に食事をとるかを学んだ。

だがミトロフは三男だった。

貴族家を継ぐのは長男の役目。その予備であり、補佐をするのが次男の役目。三男といえば、その予備の予備でしかない。

伯爵家とはいえ、三男かつ貴族として特筆すべき才能を持たないミトロフの価値はないも等しかった。

ミトロフは腐り、前途に希望もなく、ただ食っては寝てを繰り返した結果、ついにはその怠惰のあまりに家を追い出されてしまったのである。

しかしミトロフは、それをきっかけに冒険者として、すべてを自分の裁量で生活できるようになった。

自由。それは素晴らしいことだ。

誰の目も気にせずに、好きなときに好きなものを食べられる。

昼までイビキをかいて寝ていてもいい。

堂々とオナラをしたって、講師に怒鳴られることもない。

貴族の子女の茶会で、あれはまるで豚のようだと陰口を叩《たた》かれたりもしない。

むかしの自分では想像することすらできない解放された生き方だ。そこに問題がひとつある。

——金が、ない。

ううむ、と。

ミトロフは粗末なベッドの上でだらしなくあぐらをかき、金勘定をしていた。

「生きるというのは、こうも金がかかるのか」

弛《たる》んだ顎の肉をつまみながら、重苦しいため息が出てくる。

貴族としての生活は、たしかに息苦しい。制限だらけだし、やりたくないことばかりやらされる。

求められるのはミトロフという個人ではなく、伯爵家の三男という肩書きである。

だが、金には困らなかった。

清潔で真新しい服がいつでもあり、腹を満たす美味《うま》い飯があった。ベッドは羽毛で柔らかく、部屋はいつも掃除が行き届いていた。

人が生きるために必要な衣食住が、完璧に整っている。それが貴族の生活である。

ミトロフは改めて、自分の今の衣食住を見回した。

服は古着屋で買い求めた麻の上下。サイズはだぼだぼで、ざらざらとした生地はいつもどこかがチクチクと刺さり、襟も裾もほつれていて、首周りには洗っても落ちない黄ばみが染み付いている。

ベッドの端には、青リンゴの食べかけが置いてある。屋台で安く売っていたのだが、もちろん安いのには理由があって、中身はスカスカに乾燥し、味わいには酸味しかない。こんなものが果物として売られているのかと、ミトロフは驚愕《きようがく》している。

そして部屋。これがいけない。

ギルドと提携している、新米冒険者のための宿屋だ。

部屋は狭く、ベッドは粗末で、掃除など誰もしてくれない。

壁は薄く、酔った男のわめき声《ごえ》や、誰かが連れ込んだ娼婦《しようふ》の喘《あえ》ぎ声、仲間同士での諍《いさか》いの怒鳴り声と、静かになるということがない。

まったく、ここは人の住む場所ではない、というのがミトロフの感想だった。

おそらく、自分のイビキも誰かの眠りの邪魔をしている。そうだ、お互いのために良くないのだ。

「ぼくは、もっと良い部屋に住まねばならない」

それは願望であり決意表明だった。

家を出てから今までは、自分の環境に気を使う余裕もなかった。

迷宮に適応するだけで必死で、部屋など寝るためだけの場所だった。

服はどうせ汚れるからと、着心地は二の次だった。

しかし今、冒険者としての生活に馴染《なじ》みが生まれ、安定と落ち着きを手にして身の回りに意識が向いた。

するとどうだろう。なんてひどい環境だ！

貴族としての生活と比べるのは間違っている。

それは世間知らずを自認しているミトロフにも分かる。

それでも、もう少し。望んでもいいのではないだろうか。

「静かで、綺麗《きれい》な部屋で眠りたい。美味い飯を腹一杯に食いたい。さらさらの寝巻きで眠たい」

口にすると、それが猛烈に欲しくなる。渇望だ。

今までは当然のようにあったものたち。どれもが今、手の中にはない。

宿のどこかで怒鳴り声が聞こえる。瓶の割れる音。男たちが争っている。

ミトロフはため息をついた。

ベッドの上には、所持金が整理して並べてあった。

家を追い出されたときに、幾許《いくばく》かの金は渡された。わずかばかりではあるが冒険者としての稼ぎもある。

すぐに飢えることはない。だが、良い宿に移ろうと決意できるほどに豊かではない。

そもそも、とミトロフは気づいた。

「ぼくは帳簿をつけていない……」

貴族の務めとは、領地をよく治めることだ。領民から税を集め、王に納める。金勘定は大事だ。

ミトロフも幼いころから、金のやりくりを学んでいた。

だから大事なことを理解している。

帳簿は、必要だ。

どれだけの金が入って、どんなことに使っているのか。

仔細《しさい》を記録しなければならない。でなければ金は貯《た》まらない。自分がいくらの金を自由にできるのかすら、分からない。

よし、帳簿をつけよう。とミトロフは頷《うなず》いた。

第一幕　太っちょ貴族は金がほしい

1

「帳簿、ですか？」

カヌレは紅茶を淹《い》れる手をとめ、わずかに首をかしげた。深くかぶったフードは濃い陰をつくって、顔をすっかり隠している。

声音はかろやかで少女然としているが、全身をすっぽりと覆う外套《がいとう》のために、その容姿は少しも分からない。

事実、布の下にあるのは白骨の身体《からだ》であり、フードに隠されているのは骸骨頭だった。迷宮から産出された遺物による呪いのために、スケルトンの姿になってしまった少女である。

「昨日、よくよく考えた。ぼくは自分の金のやりくりを記録せねば、と」

「なるほど、それは必要なことですね」

カヌレはひとつ頷《うなず》き、カップに紅茶を注ぎ、ミトロフに差しだした。

ミトロフは礼を言って受け取り、湯気をあげる紅茶の水面を見つめる。

周囲は賑《にぎ》やかな声が反響している。

そこは迷宮の地下十階であった。九階から降りたばかり、階段前の小部屋である。多くの冒険者が座りこみ、食事や休息に時間をあてている。

「この紅茶は、いくらなんだろう？　いつもカヌレに甘えてしまっているが」

「気にしないでください。わたしが好きで用意していますから」

「いや。これはパーティの物資だ。ぼくが出そう」

「それではパーティとしての帳簿も必要になりませんか？」

「むっ……いや、そうか。ぼく個人の資金と分けて管理せねばならないのは当然だな」

「ミトロフさまは、なにか商売をなさろうとお考えに？」

「いや、そんなことはちっとも」

「それは失礼いたしました。冒険者の方は、そこまで帳簿だ、資金管理だとは意識されておられないでしょうから、気になって」

ミトロフは紅茶を啜《すす》る。相変わらず、カヌレが淹れた紅茶は味が良い。

「迷宮にも慣れてきたからな。金のことを考える余裕ができた。冒険者としてちゃんと稼がねばと、そう思っている」

「稼ぐといえば、冒険者の方々は税を納めていらっしゃるのでしょうか？　わたしもまた、どこかで納めるような手続きが必要に……？」

商人には税が掛けられている。パン職人も、鍛冶屋も、古着屋も、その売上に応じた税を年に一度、領主に納める。

カヌレの質問に、ミトロフは笑って頷いた。

「分かりづらいだろうが、迷宮にはいくつもの税が掛けられている。冒険者も当然、税を払っているな」

「わたしは払った覚えがありません」

「ギルドが徴収している。冒険者が持ち帰った迷宮の産出物をギルドが買い取る。そのときに支払われる金から、事前に税金分が引かれているんだ」

「ギルドがそんなことを？　迷宮と冒険者を管理している組織だとばかり……」

「もちろんそれが本業だ。だが、本質は迷宮に関わる金の勘定をする組織なんだ。迷宮はいわば天領……その税収はすべて王家に直結している。冒険者が増えれば増えるほど国は喜ぶ」

貴族というのもまた、本質的には同じ存在だとミトロフは思う。

伝統だ、血統だ、誇りだ名誉だと語ってはいるが、つまりは国に――王家に納める金を代理で集めて管理する役目に過ぎない。

「どこもかしこも、金のために構造を作り、金のために動いている。自由と謳《うた》ったとて、金がなければどうにもならないな……」

ミトロフはため息をつく。

地位がなくなり、肩書きがなくなり、金がなくなり。

自由だけは手に入れたと思っていたが、その自由にも金がいる。

武器の手入れにも、防具にも。応急手当ての道具にも、迷宮内に持ち込む物資にも。怪我《けが》をすれば施療院に行き、治るまでは収入がなくなるためにその備えがいる。

「冒険者というのも、世知辛い仕事だ」

「……あの、お金がご入用なのでしたら、わたしへの配分を減らしていただいても」

カヌレがおずおずと言う。ミトロフはもちろん断った。

「そんなことはしない。カヌレにはずいぶん助けられている」

ミトロフの相棒であったグラシエが故郷に戻ってしまったことで、ミトロフはまたソロの冒険者になる覚悟をしていた。

カヌレはその姿のために、冒険者として登録することは難しい。審査の緩い荷物持ちという役職は変わらないまま、しかしカヌレの申し出により、今では戦闘に参加していた。

迷宮の遺物から受けた呪いは、姿だけでなく魔物に比肩する怪力を与えている。

その怪力を活《い》かして、カヌレは丸盾を構え、あらゆる敵の攻撃を防ぐ〝タンク〟の役目を担っている。

「きみの働きに報いるためにも、ぼくはもっと稼ぎたいと思っている」

「……そのお言葉だけで過分なほどです。呪われたこの身をパーティとして受け入れていただいているだけで、感謝に堪えないのですから。わたしのことはお気になさいませんように」

フードの奥から聞こえる声は少女のようにやわらかで、人の耳を寄せる品がある。

カヌレがどんな身分で、どこで生活していたのかは知らない。訊《き》いてもいない。

しかしその振る舞いや知識、言葉の選び方まで、明らかに市井の器ではなく、ミトロフは自分と同じく貴族に関わる者ではないかと考えていた。地位の高い者の従者だった、ということもあり得る。

どんな事情にせよ、茶を片手に迷宮の中で話せるようなことでもない。カヌレはその話題を避けているようだし、ミトロフもまた無理には聞きだすことをしない心づもりだ。

だが若い女性が、あるいは少女が、呪いのために人生を歪《ゆが》められてしまったこと。その容姿がまるで魔物であり、それゆえに姿を見られれば迫害されるに違いない状況であることに、ミトロフは胸を衝《つ》かれる。

迷宮の遺物による呪いだからこそ、解呪の手続きもまた迷宮にあろう。

カヌレはその望みを探し求め、ミトロフと共に迷宮に潜っているのだ。

ミトロフはカップに残った紅茶をぐいと飲み干し、立ち上がった。

カヌレの目的を果たすためにも、金は必要だ。

金はあればあるほどいい。装備が整えばそれだけ命に余裕が生まれる。良い宿で休めば活力が満ちる。美味《うま》い飯を食えば身体も心も膨らむ。

「先に進もう」

そして金を稼ぐ方法は、迷宮に潜り続けることしかない。

2

地下十階はひとつの区切りだという。

初めて冒険者になった人間を、他の冒険者は〝羽つき《ルービー》〟と呼んで揶揄《からか》う。

ルービーはよく知られた鳥だ。幼鳥のころには頭に赤い羽がついているが、段々と小さく、そして白くなっていき、ついにその羽が抜け落ちると成鳥になる。

生まれたての冒険者が、ひとまず一人前だと認められる場所、それが地下十階だった。

ギルドとしてもそこに関門を置いているらしい。地下十階を踏破すると、ギルドカードに刻印をひとつ打つ。ランクアップの証《あかし》、という訳だ。

では、なにがその関門を守るのか。

「くそ、兎《うさぎ》というのは厄介だな！」

兎、である。

飛びかかってきた兎を、ミトロフはステップでかわす。

貴族として優雅に、まるでダンスのように避《よ》けてはみても、また別の場所から兎が飛びかかる。

ミトロフは左腕を構えた。

魔物の革を張り合わせたガントレットを、盾のかわりに使っている。兎とのすれ違いざまに、ガツンと衝撃がある。決して筋力豊かとは言えないミトロフでも、耐えられる程度のもの。しかし、恐ろしいのは衝撃ではない。

ぴっ、とミトロフの頬に血の筋が生まれた。ガントレットでは防ぎ切れない刃がある。

すぐさま振り返る。

着地した兎は頭を振る。長い垂れ耳が揺れる。迷宮の廊下に据え付けられたランタンの明かりを、耳が水面のように反射させた。

「……なにをどうしたら耳が刃になるんだ？」

小刀兎と呼ばれる魔物である。

二つの耳の縁は研ぎ澄まされた刃となっており、強靭《きょうじん》な後脚で飛びかかってくる。それだけでも厄介だというのに、小刀兎は常に群れで行動するのだ。

空気を切り裂く音がする。

ミトロフはすぐさま反転し、細剣を振り抜いた。

剣は小刀兎の頭を的確に割った。斬った衝撃で兎があらぬ方向に飛んでいくのを目の端に、ミトロフはさらにまた身体を回転させる。

重い。身体が、腹の贅肉《ぜいにく》が。

速い。小刀兎が、その耳の刃が。

「――ちっ！」

刃が左上腕を裂いた。熱。痛みはまだ来ない。

ミトロフはすでに狙いを付けている。小刀兎のその背を、細剣で叩《たた》いた。交差の一瞬での戦いだった。

気を抜かず、ぐるりと周囲を見る。群れはいなくなったらしい。

少し離れた場所で、カヌレが丸盾を手に立っていた。周囲には小刀兎が何羽も転がっている。

「カヌレのほうが手際がいいな」

遅れてやってきた腕の痛みに眉を顰《ひそ》めながら、ミトロフは言う。

「相性が良いようです。盾で殴れば倒せますので」

「ぼくは苦手だ。身体が重い」

ミトロフの自虐に、カヌレはくすくすと笑う。近づいてきたカヌレは、腰につけた小鞄《かばん》から小さな丸缶を取り出した。

「止血をしましょう」

「その軟膏《なんこう》に世話になりっぱなしだ。身体中が薬草臭い」

「効果は抜群だと、薬師のお婆《ばあ》さんがおっしゃっていましたよ」

ミトロフは左腕の傷口が見えやすいように、裂けた布をぐいと開いた。出血はあるが、傷そのものは浅い。剃刀《かみそり》で切られたようなものだ。

軟膏を指にとり、傷口を撫《な》でるように塗りこめば、不思議とすぐに血は止まる。たしかに、効果は抜群だ。

「ぼくの全身が軟膏まみれになるか、服がボロ切れになるか。どっちが早いか見ものだな」

地下十階に入ってから、あの小刀兎のために全身のあちこちが切り傷だらけになっている。

ミトロフは事前にどんな魔物がいるのかを調べていたが、文書で確認するのと実際に相手にするのとでは勝手がちがう。小さな兎といえど、想像していたほど容易《たやす》い相手ではない。

「革鎧《かわよろい》があれば、少しは楽になるのでしょうか」

「そうだな。しかし、高い」

それこそ手足を革の防具で守れば楽なのだろうが、魔物を想定して作られた防具というのは気軽に買い揃《そろ》えられるものではない。ここでもまた、金の問題が出てくる。

ミトロフの左腕にある革のガントレットとて、かなりの金額がした。購入に踏みきれたのは、まだ貴族としての金銭感覚を保っていたからである。加えて、グラシエが半額を出してくれていた。

今の、冒険者としての稼ぎと懐事情に悩むミトロフであれば、いくら質が良いと分かっていても、ああまで気軽に購入には踏みきれないだろう。

「ですがミトロフさま。お怪我が増えていますよ」

「それも悩みどころだ。怪我は増えたが、重い傷じゃない」

小刀兎は確かに厄介である。だが、あくまでも切り傷。軟膏を塗り、寝れば治る。軽傷を防ぐために大金を防具にあてるより、さっさと次の階に進んだほうが良いのではないか……そんな節約心が判断を揺らがせるのだ。

「怪我には変わりありません」

と、カヌレが叱るような声で言う。ミトロフはなんでもないと振る舞うが、衣服は血濡《ちぬ》れで、切り傷は増えるばかり。傍目《はため》には心配でしかない。

「そうだな、もう少し様子を見てから考えることにしよう」

ミトロフは頬の傷に軟膏を塗りこみながら言った。

手当が終わると、ふたりは小刀兎の耳を切り取って回る。

剃刀に切られたような、と表現される通り、小刀兎の耳は剃刀として加工販売されている。身だしなみには欠かせない用品であるために、買取価格の利が大きい。

ゴブリンの耳よりはよほど良い耳だ、とミトロフは思う。

集めた耳を布に包んで、カヌレが背負う袋にしまう。荷物運びとしての役目も担ってくれているカヌレに、ミトロフは最近、頭が上がらなくなっていた。

「ミトロフさま、お昼はこの兎肉を調理しようかと思うのですが」

「兎肉か。それは美味そうだ。ぜひ頼む」

おまけに迷宮内で美味い食事まで用意してくれるのだから、ミトロフはますます困ってしまう。

ぶひぃ、と鼻を鳴らしながらため息をついた。

「どうかなさいましたか？」

あたりに転がる兎から味の良さそうなものを選んでいるカヌレに、ミトロフはしみじみと言う。

「カヌレ、きみの働きには必ず報いるからな」

「それは……ありがとうございます……？」

きょとんと首を傾《かし》げるカヌレである。

ミトロフは貴族として、高度な教育を受けてきたという自負がある。

勉学に励み、教養を詰め込んだ。迷宮で戦いながら金を稼ぐ程度には剣術も身につけている。平民が望んでも手に入れられないような恩恵である。

それでも、ミトロフは自分にできないことが山のようにあると実感している。

迷宮で金を稼ぎ、生活するための方法はグラシエに教わった。今はカヌレに多くの面で世話をかけている。

冒険者は助け合いだ。しかしミトロフは多くの人に助けられてばかりだと思っている。世話をかけ、手を貸してもらい、助けられ、それでなんとかここまで生きている。

だからこそ、今度は自分が、彼らを助けたいと思う。

それはミトロフにとっては自然に湧きあがってきた感情で、今までは思いもしなかった新鮮な気持ちである。

誰かの役に立ちたい。誰かを助けたい。

ごくごく自然にそう考えられるようになっている自分の変化を、ミトロフは好意的に受け入れていた。

ではどうすれば助けられるか、という点では、まだ答えは分かっていない。

助ける、という行為は難しい。

どうすれば良いものか、と顔をあげて、ミトロフはふと視界の隅にその姿を見つけた。通路の先、分岐路となっている陰で、小柄な少女が顔を覗《のぞ》かせている。街人のような服装はとても冒険者とは思えない。

「……〝落ち穂拾い〟？」

かつてグラシエが教えてくれた呼び名を、ミトロフは覚えていた。

ミトロフのつぶやきに、カヌレも目を向ける。少女はふたりの視線に気づき、慌てたように隠れてしまう。

少女の頭に獣のように尖《とが》った耳があったのを、ミトロフは認めていた。

「今のが〝迷宮の人々〟でしょうか」

カヌレがぽそりと言う。

「そうとも呼ぶのか？　〝落穂拾い〟かと思ったが」

「いえ、〝落ち穂拾い〟は、自分で魔物を倒せない冒険者や荷物運びが、他の冒険者の残したものを拾うことです。〝迷宮の人々〟は、文字通り迷宮のどこかに住む人のことだと聞きました」

カヌレの説明に、ミトロフは目を丸くする。

「待ってくれ、迷宮に住んでいる人間がいるのか？　そもそも、住めるのか？　迷宮に？」

迷宮には魔物がいる。その魔物はまったく凶暴で、人間とみれば見境なく襲ってくる。そんな場所で生活することなど、ミトロフには想像もできない。

「わたしも伝聞で聞いたことがあるというだけで。本当に、迷宮に住むなんてことができるのでしょうか？」

3

「不可能ではない。快適ではないだろうがな」

湯に浸《つ》かりながら腕組みをして、獅子《しし》頭の男はぐるると喉を鳴らした。ミトロフがカヌレから訊かれた質問を、そのまま投げた返事である。

年中、灯《あか》りと湯煙の絶えることのない公衆浴場には、いつも人が溢《あふ》れている。

平民だ貴族だ、獣人だ冒険者だと分類したがる人々も、服を脱いでしまえば皆同じ。誰もが好きに湯に浸かり、日々の疲れを癒す場になっている。

ミトロフもまた、冒険の緊張と疲労を解きほぐすために湯場へと通う日々である。

しかし今日は小刀兎に刻まれた切り傷があまりに沁《し》みるせいで、浴槽の縁に腰を下ろし、なんとか半身浴をするのが精一杯だった。

「不可能ではないと言っても、ギルドがそれを許さないのでは？」

「万事、抜け道というものがある。法にも、迷宮にもな。街で暮らすことに辟易《へきえき》した者、居場所がない者、追われた者……事情を抱えた人間が逃げ込むのに、迷宮は都合が良い。そしていちいちそれを探して追い詰めるほど、ギルドも暇ではないということだ」

獅子頭の男は濁った湯を片手にすくいとり、胸元に浮かんだ汗を流した。

「俺も何度か見かけたことがある。彼らは迷宮のどこかに共同体を作り、互いに助け合いながら生活をしているようだな。冒険者が物々交換の取引を持ちかけられたという話も聞く」

「信じられないような話だ。あの迷宮で、人が生活しているなど」

地下十階までの浅い階層ですら、ミトロフは何度、命の危機を感じたか知れない。それほど魔物は恐ろしく、迷宮という環境は手強《てごわ》い。

あそこで自分が何日、生き残れるだろうかと考えても、明るい想像はできなかった。

「適応できた人間だけが生きていけるのだろうさ。あの環境で生きることを選ぶしかなかった事情もあろう」

　男はぐるりと首を回し、ミトロフを見る。

「お前も十階にたどり着いたか。もうすぐ初心者期間も終わりということになるな」

「……無事に終わることを祈りたい」

「傷を見るに、苦労しているようだ」

　ぐるる、と男は笑った。

　一目で苦戦が分かるほど、ミトロフの身体には赤い直線の傷が何本もあった。今日は小刀兎に翻弄されただけで終わってしまった。まだあの素早さに対応できていない。

「小刀兎が厄介で困っているんだ」

　ミトロフはゆっくりと湯に身体を沈めてみる。傷は沁みるが、ちくちくとした痛みにも少しずつ慣れていく。人は適応できる。その通りだ。

　熱めの湯はわずかに白く濁り、どこか柔らかい。壁に並んだランタンの灯りに、湯気がもうもうと影を映している。

　肩までとっぷりと湯に浸かることで、ミトロフはようやく風呂に入った、という気持ちになった。

　ふううう、と長い嘆息。身体中に響く熱が、凝り固まった疲労を溶かしてくれるようだった。

　ミトロフは獅子頭の男と並び、ぼうと湯煙の漂う光景を眺めた。円形の浴場は広く、浸かる男たちの姿は絶え間ない。どこかで高らかな笑い声が反響した。

　ざば、と湯を跳ね上げて、獅子頭の男が立ち上がった。

「トロルを打ち倒し、凶暴な猪《いのしし》を軽くあしらえても、冒険者はみな兎に苦労する。奇妙な話だろう」

その言い振りは、彼もまた小刀兎に苦労したことがあるようだった。

「あなたのときは、どうやって攻略を？」

「どうやって？　残念ながら、模範解答があるものではない。自分で考え、自分で体得する。それだけのことだろう」

ぐる、と牙の隙間から笑うような吐息を落として、男は浴場を出て行った。

その大きな背を見送り、ミトロフはぼそりと呟《つぶや》く。

「……渋いな」

4

一日、休みを置いた。そしてまたミトロフは迷宮に潜る。できるだけ戦闘を避け、地下十階まで真《ま》っ直《す》ぐに下る。すぐに小刀兎を見つけた。

速さ。それが厄介だ。小さいものは、素早い。

地面を跳ねるように駆ける小刀兎の速さは、ミトロフには対応が難しい。

目では追える。

思考も間に合っている。

〝昇華〟と呼ばれる迷宮の神秘によってミトロフが得た冷徹なまでの平常心は、小刀兎がどう動くのかを理解している。

だが、身体があまりに重い。

「ぶ、ひっ……！」

避けるステップがどうしても一歩、遅れをとる。兎のリズムと嚙《か》み合わない。

背を切られ、腕を切られ、すれ違いながらも一刺を報いる。レイピアの切っ先は兎の首根を斬り払った。

兎を狩ることはできている。だが、ミトロフの身体には傷も増えていく。

出くわした小刀兎の数だけ、ミトロフの身体には傷が重なっているのが現状である。

「……避ける動きが間に合わん」

呼吸は穏やかだ。小刀兎には息を吐く間すら惜しむような緊張感はない。

しかし、すれ違う小刀兎に、ミトロフのレイピアが届かないこともある。

その度に傷をつけられ、出血し、やがて痛みや引きつる肌のために、動きに支障が出てくる。

小刀兎とは恐ろしい相手ではない。

ただ、厄介な相手だ。素早く近づき離れていく小さな魔物は、ミトロフとは相性が悪い。

ミトロフはレイピアを片手に周囲を警戒する。

群れは四羽だった。すでに最後の一羽が素早く跳ね、カヌレの背後に飛びかかっていた。

カヌレは身軽に転身し、空中の小刀兎を丸盾で殴り飛ばした。

呪いによる怪力は、容易く小さな命を奪い取る。小刀兎の剃刀耳が盾にぶつかり、甲高い金属音を響かせながら吹き飛び、壁に打ちつけられた。

「……見事」

自分が苦戦しながら一羽を倒す間に、カヌレは手負もなく三羽を片付けている。彼女の動きは洗練されていた。苦労もせず小刀兎を相手にしている。

「ミトロフさま、お怪我は？」

「いや、大丈夫だ。大したことない」

「軟膏をお出ししましょうか」

「……気遣いだけもらおう。今回はかすり傷だ」

ミトロフは左手で右の二の腕を押さえた。出血している。かすり傷というほど浅くはない。けれど素直にカヌレの言葉に頷けなかった。

カヌレが軽々と倒してしまう小刀兎に、こうまで手こずっている自分……腕の傷はそれを象徴しているようで、どうにも見せることがためらわれた。

「よろしいのですか？」

「ああ、いいんだ。さっさと集めて次へ進もう」

ミトロフは小刀兎から剃刀耳を採集する。そのとき、手もとから注意が抜けていたらしい。鋭い刃で指を切った。

熱のような痺《しび》れと、ずくずくと脈打つ痛み。真っ赤な血が玉のように浮かび、地面に垂れ落ちた。

舌打ちが漏れそうになる。

兎ごときに、どうしてぼくは苦戦をしているんだ……？

込み上げる言葉には苛立《いらだ》つ色味がついている。

指先の血の赤さに、記憶は刺激される。

かつて赤目のトロルと戦ったあのとき、自分はどれほど高揚しただろう。

生と死。命の熱をぶつけ合うような瞬間。冒険者としての生き様を、身体の芯で理解した。

あの戦いの中で、自分は冒険者になったのだと思う。

なのに、今、自分は小さな兎と戦い、苦労し、その耳で指を切っている。

なんとも冴《さ》えない時間だ……。

ぶひい、とため息。それはミトロフも知らずに漏れていた。

決して華々しい未来を想像していたわけではない。

家を追い出され、安宿に泊まり、ゴブリンを相手に小銭を稼ぐ日々。必死だったころの日常には、張り詰めるような緊張があった。強敵と戦うことに達成感を得た。

その反動だろうか。

兎を狩ること、それをうまくやれないこと。そんな自分が情けない。

「……簡単にやってのけるだろうな」

つぶやきは知らず漏れていた。

カヌレは首を傾げる。

「グラシエなら、小刀兎を呆気《あっけ》ないほど手早く狩ってしまうだろうと思ってな」

ミトロフは少し照れた様子で言う。

カヌレは声も柔らかに同意した。

「グラシエさまは森の狩人《かりゅうど》でしたね」

「あれほどの弓の腕前だ。狩人としてもさぞ有能だったろう」

迷宮にやってきて、右も左も不案内だったミトロフを助けてくれたグラシエは、元々はエルフの森で狩人を務めていたという。

親が冒険者だったこともあり、人の社会に繋《つな》がりと理解のあったグラシエは、村で起きた止《や》むに止まれぬ事情を解決する手段を求めて迷宮にやってきたのだ。

迷宮に溢れる魔物との戦いには、狩りとは勝手の違う苦労があったに違いない。それでも何度となくその弓でミトロフを助けてくれた。

——なんじゃ、ミトロフ。こやつが苦手かの？　よきかな、わしに任せい。

グラシエはそう言って笑うにちがいない、とミトロフは苦笑した。

彼女は迷宮に来た目的を果たし、故郷である村に帰っていった。また戻ってくると約束はしてくれたが、それがいつ叶《かな》うかは、ミトロフの与《あずか》り知るところではない。

別れ際、再会の約束を託すように渡されたグラシエの銀のピアスを、ミトロフはいつも懐に入れている。

元気であればいい、と祈りを向けて、ミトロフは採集した小刀兎の剃刀耳をまとめた。

そのときである。

悲鳴が聞こえた。

ミトロフは顔を上げる。カヌレもまた身構えている。

その声は通路に反響したためにくぐもっていたが、遠くはないはずだ。どこかに姿が見えるかと目を凝らしても、通路は薄暗く、見通しは悪い。

冒険者のために壁に灯りが設置されてはいるが、それは夜の篝火《かがりび》のようでしかなく、昼の明るさは望めるわけもなかった。

「この先だろう。行ってみよう」

「ご注意を」

「分かっている」

ミトロフはすぐさま抜けるようにとレイピアの柄《つか》に右手をかけたまま、慎重に通路を進む。カヌレもまた盾を手にしている。

ミトロフもカヌレも、迷宮に潜って日が浅い。それでも、迷宮の中ではどんなことも起こりうることは知っている。冒険者は決して聖人君子ではない。街に善人と悪人が混ざり合うように、迷宮の中とて例外ではないのだ。

武器を持った悪人が、己の利益のために他の冒険者を襲う。そんな話はいくらでも耳にする。

通路の突き当たりは、左右に道がのびている。

曲がり角まで来て、ミトロフはおそるおそる、まず右手の通路に顔をのぞかせた。

瞬間、ランタンの灯りに反射した光の筋が見えた。咄嗟《とっさ》に頭を下げた。

ヒュ、と空気を斬った音は軽い。ミトロフの後ろ髪を数本切り裂きながら、小刀兎が通り過ぎた。

ミトロフは床を見ている。

思考は冷静だった。

金属音が鳴る。カヌレが盾で打ち落としたのだろう。ならば背後を気にする必要はない。警戒すべきは前だ。

迷宮に潜り、魔物を討ち倒した者にだけ、〝昇華〟と呼ばれる現象が起きる。

魔物の生命力が体内に流入するためだとも、迷宮に対応するために起きる魔力的な進化だとも言われている。しかし実態の多くは解明されていない。

ミトロフに起きた〝昇華〟は、精神力の強化、あるいは安定化と言えた。

慌てふためき平常心を失うような状況になったとき、精神を揺らがぬ強固なものに補強してくれる。

だからこそ出会い頭に危険を躱《かわ》した今でもミトロフは慌てていない。状況を冷静に把握している。

顔を上げて敵を認めながら、レイピアを抜いた。

通路に少女がひとり、座り込んでいた。怪我をしている。すぐには動けまい。手には棒切れ。それで兎を牽制《けんせい》している。

少女の前には兎が二羽。一羽は小さく、一羽は大きい。

小さな一羽がこちらに駆けてくる。脚を縮めて力を蓄え、跳ねた。

ミトロフはすでに動いていた。兎の動きをすっかり見ることができていれば、予測が立つ。兎より先に動いてしまえば、己に速さが足りずとも帳尻は合う。

「カヌレ！　任せる！」

「――はい」

ミトロフは身体を低くしたまま左前に避ける。

すれ違う小刀兎が頭を振った。剃刀の刃がミトロフの右のこめかみを舐《な》める。一筋、血の線が空中に引かれる。

肉体の重さゆえに、ミトロフの動き出しはとろい。〝昇華〟による思考の平常さは、簡潔さと速度を生んでいる。しかし身体が追いつかない。思考と身体の間に生まれるズレがひどくもどかしい。

少女の前にいる兎は、他の小刀兎よりも二回りは大きい。顔はすでにミトロフを向いている。

ミトロフは事前に、ギルドで地下十階の情報を収集している。あれが〝剣角兎〟と呼ばれる上位種であることを知っている。

耳はピンと上に立っている。重なり合った耳はさながら一本の剣が頭に生えているかのようだ。

剣角兎は頭を下げ、ミトロフに切っ先を向けた。後ろ足の爪が地面を嚙み、その太ももに厚い筋肉が盛り上がる。

ミトロフは、ギルドで受付嬢に言われた言葉をふと思い出している。

――小刀兎に慣れたとしても、剣角兎は甘くみないでくださいね。あれは、

ぱん、と。剣角兎の足場が爆《は》ぜた。

――砲撃です。

「……っ!?」

背筋が凍るような悪寒。それは赤目のトロルと命懸けで戦ったときに身体に染み付いた記憶だった。その瞬間ばかりは、冷静な思考が肉体に指示を出すよりも尚早《なお》く、本能的に避けていた。

地面に転がるように飛ぶ。

視界は剣角兎を見ている。

それはもはや灰色の丸い影――小刀兎とは比較できない速さで飛んだ剣角兎は、ミトロフの左腕をかすめた。

弾《はじ》かれるような衝撃に、左腕が跳ね上がる。体勢を崩しながらミトロフは地面に転がり、それでもすぐさま起き上がって剣を構えたのは、冒険者としての習性だった。

「は？」

振り返って、ミトロフは呆《ほう》けた声を出した。

目を丸くして、眉を顰め、ゆっくりと二重顎を撫でる。

壁に、剣角兎が突き刺さっていた。じたばたともがいている。恐ろしい速度と、鋭利な耳は、まさに壁に撃ち込まれた砲弾になった。止まってしまえば、身動きはできない。

「……なるほど。こうして対処するわけ、か」

ミトロフは腑《ふ》に落ちる。

よくよく観察すれば、この辺りの壁は平らではなく、歪《いびつ》に凸凹としている。同じように壁が変形しているのを、ミトロフは前にも見たことがあった。

黄土猪《おうどいのしし》だ。

あれらも猛烈に突進を繰り返す魔物だ。どう対処するか。壁を背にして構え、避ける。そうすれば彼らは壁に牙を打ち込む。

それと同じだ。

ミトロフは壁に宙吊《ちゅうづ》りになった剣角兎の元へ行き、レイピアで首を切った。

角は石壁に半ばまで突き刺さっている。鋭さも、跳ね飛ぶ勢いも、恐ろしいと言うほかない。

周囲に気を巡らせる。音はない。ミトロフはレイピアを鞘《さや》に戻し、少女の元へ向かった。

すでにカヌレが、少女からやや離れた場所で立っている。あたりを警戒するのと同時に、自らの相貌を見られないようにそうしているのだ。

カヌレは呪いによって見た目が骸骨となっている。迷宮でその姿を見た相手がどう思うかを、彼女は冷静に理解していた。離れている距離の間に引かれた境界線に、ミトロフはカヌレの悲しみを見た気がした。

少女は壁に背を預け、脚を投げ出している。ミトロフが近づくと、怯《おび》えたように身体を小さくした。その頭にはぺたんと伏せられた獣耳が生えていた。

5

「きみには、昨日も出会ったか？　ぼくらのことを見ていただろう？」

少女はびくりと肩を跳ねさせたが、観念したかのように小さく頷いた。

どうにもひどく怯えている。ミトロフはどう対処すればいいものか、と顎を撫でた。グラシエならどうするだろう、と考える。

ミトロフは驚かせないようにその場にしゃがんだ。両手をあげ、武器は持っていないと見せる。

「なら、これは再会だな。お互いに生きていてよかった。ぼくはミトロフだ。きみは？」

「……アペリ・ティフ」

「よろしく、アペリ・ティフ。ぼくはきみを助けたい。怪我をしているだろう？　見せてもらってもいいか」

「……どうして？」

「どうして？」

ミトロフはぱちぱちと瞬きをした。

「……どうして、私を助けるの？　私、なにも持ってない」

「見返りは求めていない。困っていたら助け合う。それが冒険者というものだ」

ミトロフは微笑《ほほえ》んで言った。それがグラシエから学んだ初めての教えである。迷宮では誰もが助け合う。それが冒険者の姿なのだ、と。

アペリ・ティフは首を横に振った。

「……私、たくさん見た。冒険者は、仲間を見捨てたり、置いて行ったりする。命を助けてくれてありがとう。でも、もう放っておいて」

アペリ・ティフはそう言うと、ひとりで立ち上がろうとする。壁にあるいくつもの窪《くぼ》みに手をかけ、左足に重心を寄せる。右足の太ももに怪我があるようだ。薄闇の中でも分かるほどに血が布を染めている。

治療が必要だ。少女の体軀《たいく》は小さい。これほどの出血は放っておけば命取りになる。

助けることを拒まれることは、ミトロフは予想していなかった。

どうしてアペリ・ティフは治療を断るのだろうか。

困ったときには助ける。助けられたら、礼を言う。それが冒険者たちを支えるルールだと思っていたのに。

ミトロフはカヌレに視線をやった。それは助けを求める意味だった。

カヌレは立っている場所から近づこうとはしない。被《かぶ》ったフードのために、表情も——いや、フードがなくても表情は分からないのだが。

ああ、不便だな、まったく。

ミトロフは首を振った。

これが貴族同士であれば、ミトロフはいくらでも相手の考えていることを察することができる。

貴族は損得で動く。明快な要求があり、取引がある。常に相手からどれほどのものを奪えるかを考えている。

しかし、こちらから無償で与えると言っているものを拒まれたとき、どうすれば良いのか？

そんな交渉術は、家庭教師は教えてくれなかった。

すっかり立ち上がってしまった少女は、壁に手をついたまま、脚を引きずって歩いていく。

それをミトロフは黙って見送るしかない。アペリ・ティフをどう説得すればいいのか、ミトロフには分からなかった。

と、いつの間にかカヌレが横に立っている。ミトロフの耳元に顔を寄せると、小声で囁《ささや》いた。

「ミトロフさま。獣人は気高い種族です。一方的な施しは受け取らないと聞きます」

「……なるほど。ぼくが助けるばかりでは、相手の誇りを傷つけることになるのか」

国にはいくつもの種族が住むが、それぞれに文化も思想も大きく異なる。迷宮の中といえど、その根本は変わらないということらしい。

ミトロフはふうむ、と悩み、カヌレの荷物から治療のための道具を取り出した。

「待て、アペリ・ティフ、ぼくはこれをきみに売ろうと思う」

アペリ・ティフは立ち止まり、おずおずと振り返った。

「清潔な布と、血止めの軟膏、それに傷を守るための包帯。この丸薬は痛みを和らげるものだ」

「……私は、なにも持っていない」

「知っている。だが、迷宮に住んでいるのだろう？　迷宮の中には貴重な植物や鉱物もあると聞く。

それに、そうだな、情報でもいい。ほかの冒険者が知らない抜け道、迷宮での危険な場所……きみが当たり前だと思っている情報が、ぼくらには貴重なこともある」

アペリ・ティフは訝《いぶか》しそうにミトロフを見る。

「……あなたに得がないように思える」

「もちろん得はある。これの売値は、地上の二倍だ。ぼくがこれを手に入れた額の二倍の対価を、きみからもらう」

アペリ・ティフは目を細めた。それはミトロフの提案を受けるか迷っているようにも、奇特な人間を観察するようにも受け取れる。

「……私がそれを受け取って、逃げるとは思わない？」

「逃げるのか？」

「逃げない。私はそんなことはしない」

毅然《きぜん》とした口調でアペリ・ティフは言った。それはミトロフの期待した返答だった。

「だったら大丈夫だな。ぼくもきみを信頼しよう。取引成立だ」

ミトロフはその場に道具を置き、数歩下がった。

アペリ・ティフはミトロフを見て、置かれた道具を見て、しばらく悩んでいるようだった。ついに道具に歩み寄り、座り、軟膏を手にした。

脚を抱えるように曲げて、ズボンに犬歯を突き立てる。ビッ、と生地は容易く裂け、太ももの傷が露《あら》わになった。

ミトロフの場所からはよく見えないが、太ももの外側を掠《かす》めるような怪我である。

剣角兎の砲撃のような一撃が貫通したのではと心配していたのだが、ひとまず安心できそうだった。

大怪我であれば軟膏などは気休めにしかならない。アペリ・ティフを抱えて地上に戻り、施療院に放り込むことになっていただろう。

彼女は血をぬぐってから傷口に軟膏を塗ると、布を強く押し当て、包帯をくるくる巻いていく。

ミトロフは周囲を警戒しながらも、アペリ・ティフの手際に感心した。

「手当ての仕方を知っているのか」

「冒険者がこうするのを、見たことがある」

アペリ・ティフは包帯を巻き終えると、小さな金属缶から丸薬を取り出した。不審そうに見ながらも、ひと思いに口に入れ、カリ、と噛む。

途端、顔中にぎゅっと力が入り、目尻から涙が溢れた。

「念のために言っておくが毒じゃないからな。そういう味なんだ」

「……冒険者は、おかしい」

冒険者とて好んでは服用しない。苦味と酸味が同時に押し寄せる味わいを、誰が喜ぶだろう。しかし強烈な味にも意味があって、負傷した人間の意識をはっきりさせるための気付け薬でもあるのだ。

少女は目尻の涙を手の甲でぬぐい、再び立ち上がる。先ほどよりもしっかりとした動きだ。強烈な薬の味が効果を示している。

「大丈夫なようだな。どこか寝床があるのだろう？　送ることもできるが」

「……いい」

「だろうな。じゃあ、ぼくらはここで失礼する」

ミトロフが踵《きびす》を返そうとしたとき、「待って」とアペリ・ティフが止めた。

「なにか、小さな物がほしい」

「小さな物？」

「あなたのにおいがついている物。そうすればあなたを探せるから」

「そうか、きみたちの種族は鼻がよく効くんだったな」

とはいえ、お前のにおいがついたものを寄越《よこ》せと言われるのは、人間としては気恥ずかしい。

ミトロフは懐を探り、二枚のハンカチーフを見つけた。

貴族としての習慣が、まだ抜けていない。一枚は汗を拭うのに使うが、もう一枚は女性に渡すために持ち歩く仕立ての良いものである。それは貴族の男子としての嗜《たしな》みだった。

これならば汚れてはいないし、においもついているだろう。

ミトロフはアペリ・ティフにゆっくりと近づき、未使用のハンカチーフを差し出した。

アペリ・ティフはその布地の清白さに気圧《けお》されたように目を丸くした。おっかなびっくりという様子で受け取った。

「アペリ・ティフは、あなたと取引をした。必ず返す」

「分かった。だがまずは怪我を治すことを優先したほうがいい。きみがまた怪我をしたら、今度は三倍の値段で治療道具を売りつけるからな」

「……あなたは、変な冒険者」

「まだ新人なんだ。それと、さっきも名乗ったが、ぼくはミトロフだ」

「……ミトロフ」

「よし。じゃあ、気をつけて戻るんだぞ」

ミトロフはカヌレを連れてその場を離れる。通路を曲がる際、振り返ってみると、アペリ・ティフの影はもう見えなかった。

第二幕

太っちょ貴族は模索する

1

迷宮に潜った翌日は、休養日としている。一日休み、あるいは二日休み、三日休んでもいいが、それだけ収入は減っていく。

昼過ぎまで寝入ったミトロフは、屋台で昼食を済ませてから商業区へと赴いていた。

長袖で隠れてはいるが、あちこちに切り傷があり、浅いものは軟膏《なんこう》だけを塗り、深い傷には包帯が巻かれている。

アペリ・ティフと別れた後も探索は続けた。剣角兎《うさぎ》の対処法は理解したとはいえ、その緊張感は精神をすり減らすものだった。

壁を背にして待ち構え、飛んでくる剣角兎を躱《かわ》す。

言ってしまえばそれだけの簡単な行為だ。凄《すさ》まじい速度で飛んでくる剣の突きに恐れを抱かなければ、という注釈はつくが。

剣角兎を躱す緊張感。小刀兎によって少しずつ増える切り傷。

ミトロフばかりが損耗し、一方のカヌレは丸盾で堅実に対応できている。カヌレに余裕があっても、ミトロフの身体《からだ》を配慮して、迷宮の探索を切り上げる日々が続いている。

いつまでも血まみれになるわけにはいかない。ミトロフは、他の冒険者はあの兎たちにどう対応しているのか、とギルドの受付嬢に訊いた。

「そうですね、みなさん、盾を買われますね」

あっけらかんとした返事は、まあそうだよな、としか言えない。

盾。それが答えである。避《よ》けるのが難しいなら、防ぐ。子どもにも分かる。

商業区の中でも奥まった場所に、武器防具を扱う店が並ぶ通りがある。来るのはもちろん冒険者だけだ。それでも通りは市場のように賑《にぎ》わっている。

もっとも、買い物をしているのは家計を担う市民ではなく、冒険者ばかりである。客も店主も荒っぽい者が多く、値引き交渉の声はもはや怒鳴り合いに近い。

そうした喧騒《けんそう》を過ぎた先に、メルン工房がある。ミトロフがガントレットを購入した店だ。

店に入る。客は誰もいない。店主であるメルンの腕は良いに違いないと分かっているのだが、なにしろ癖が強い。客であろうと気に入らなければ追い返してしまうような老女である。

窓から差し込む陽光だけが頼りの薄暗い店内には、鞣《なめ》された革と、手入れ用の油の香りがこもっていた。

メルンの姿を探して進むと、奥の小部屋に続く扉が開いている。そこが作業部屋となっているようだ。座面の高い丸椅子に腰掛けたメルンが、厚い革にノミを入れていた。

「店主、客だ」

「あん？」

ミトロフが声をかけると、メルンが顔をあげた。鷲鼻《わしばな》にちょこんと乗せた老眼鏡の上から睨《ね》めつけるようにミトロフを見る。

「なんだ、アンタかい。オークが買い物にでも来たのかと思ったよ」

相変わらずの口の悪さに、ミトロフは苦笑した。

罵られているのに、どうしてかちっとも嫌な気がしないのが自分でも不思議だった。

「これでも痩せたんだ。ほんの少しだけど」

「身体の丸い刺突剣使いなんざ見たことないよ。もっと痩せな」

言いながら、メルンはくいくい、と手招きをした。

ミトロフは作業部屋に入る。そこは職人の城であった。小さな部屋ではあるが、所狭しと道具が詰まっている。

壁一面の棚、使い込まれた工具、大きな机に刻まれた無数の傷と染み……ミトロフが生まれるずっと前から、メルンはこの仕事をしているに違いない。

部屋中に満ちた年季の厚みを前にして、ミトロフは畏敬にも似た感情を抱く。それは時代を超えた素晴らしい工芸品や、美術品を前にしたときに感じるのと同じものだ。

「なにを惚《ほう》けてるんだい、手に持ったものをさっさと寄越《よこ》しな」

ぴしゃりと言われ、ミトロフは背筋を伸ばした。

そうだ、とミトロフは急に理解した。この老女に叱りつけられると、子どものころの家庭教師を思い出すのだ。

ミトロフには何人もの家庭教師がいたが、貴族としての基礎的な振る舞い方を躾《しつ》けてくれた家庭教師が、メルンにどことなく似ていた。厳しい人だったが、公正な人でもあった。

ミトロフは、布に包んでいたガントレットを机に置いた。工房に来たのはガントレットの修理を頼むためである。

メルンは手にしていたノミと小槌《こづち》を脇に置き、包みを開いた。

ふうん、と鼻を鳴らし、ガントレットを手の中で回しながら点検していく。

控えめに言ってひどい状態、というのがミトロフの見立てだった。

厚革を鱗状《うろこじょう》に重ねて組まれているガントレットは、多少の傷ならば油を塗るだけでいい。しかし今では、いく筋もの切り傷と、えぐれて剝がれた傷が大きく残っている。

「小刀兎と剣角兎の傷だね。地下十階まで降りたのかい」

「ああ……怒らないのか?」

「怒る? なんであたしが怒らなきゃならないんだ」

「その、あなたの作品をひどく傷つけてしまった」

おずおずと答えたミトロフに、メルンは初めて笑みを見せた。

くっく、と喉の奥を鳴らしてから、メルンは少しだけ柔らかい眼差《まなざ》しをミトロフに向ける。

「そんなことを気にしてたのかい。悪さをした子どもみたいな顔をしてないで、ちゃんと胸を張りな! アンタは冒険者だろう。堂々と持ち込んでくりゃいいんだよ」

「う、うむ……しかし、丹精込めて作った防具だろう。ボロボロになった姿を見るのは、良い気持ちがしないかと思ってな」

「そりゃ芸術家どもは気にするだろうがね、あたしは職人だ。ボロボロになった防具？　結構なことじゃないか！　それだけ持ち主の身を守ったんだ。生きて帰ってきた冒険者が防具を修理に持ってくることほど嬉《うれ》しいことはないさね！」

言葉に嘘《うそ》はなく、メルンは傷だらけのガントレットを愛《いと》おしそうに撫《な》でた。

「傷以外は綺麗《きれい》なもんだ。ちゃんと手入れをしてるね」

「ああ。店主に言われたからな。迷宮帰りには手入れを欠かさぬようにしている」

メルンがパァンとミトロフの腕を叩《たた》いた。

「いたい！　なんで叩くんだ!?」

「褒めてやったんだ！　受け取りな！」

「もっと優しい褒め方はないのか!?」

メルンは返事もせず、それきりミトロフからは興味をなくしたようで、道具箱から小さな拡大鏡を取り、ガントレットの傷口を念入りに観察した。

「さて、さて……まあそうだろうが、小刀の傷は浅いね……しかし剣角兎に表皮を剝がされちまったか……切り口は斜めに入ってるが……」

そこで急にメルンは顔をあげ、ミトロフを睨《にら》んだ。

「このガントレットで剣角兎を受け止めようとはしてないだろうね？」

「まさか！」

「重ね革とはいえ、あくまでも手甲だ。剣角兎を真っ向から受け止めちゃ、腕まで貫通するよ。絶対にやるんじゃない」

腕まで貫通、という言葉に、ミトロフは震え上がった。想像するだけで背筋が寒くなる。大事な左腕である。

「アンタ、金に余裕はあるのかい」

「文句はつけないつもりだ」

「修理費はそう高くないよ。使い物にならない革の板を取り替えるだけで済む。だけどね、アンタがまだ地下十階に手間取るっていうなら、あと何回こいつを修理することになると思う？」

ぶ、とミトロフの鼻に言葉が詰まった。

まったく、メルンの言う通りである。小刀兎から身を守るにはガントレットが欠かせない。剣角兎の突進から身を守るために、またガントレットに頼ることがあるかもしれない。

傷が増えるたびにガントレットの修理を頼んでいては、費用も時間も浪費するばかりだ。

「金があるなら、小盾を買いな」

「……以前は、素人は盾なんか使うな、と言っていなかったか？」

初めてこの店に来たとき、盾が欲しいと言ったミトロフは、メルンにめためたに罵られたのである。

「アンタの首には頭が乗ってないのかね！　これだけ戦えりゃ小刀兎を防ぐくらいの技術はあるだろう！」

コボルドやトロルといった相手は武器を使う。不規則な攻撃を防ぐために慣れない小盾を使えば、戦い方は歪《いびつ》になる。

盾に意識が向かえば、剣が疎《おろそ》かになるものだ。一瞬の攻防に命を左右されるような状況で、使い方も知らない盾を扱うのは難しい。

だが小刀兎となれば、盾で待ち構えるだけでいい。向こうからやってくるのだから。

「盾、か。ガントレットと併用はできないだろう？」

「役割が被《かぶ》ってるさ。同時に持つ意味がないよ。重たいだけさね」

「これが気に入っているんだ」

迷宮を潜る自分の左腕を欠かさず守ってきた装備である。愛着があり、信頼がある。

たしかにガントレットでは防ぎきれない攻撃もある。だからといってすぐに盾に持ち替えるというのは、なんだか嫌なのだとミトロフは首を横に振った。

「状況に合わせて装備を変えるのは恥じゃない。冒険者なら当たり前のことだよ」

メルンは諭すようにミトロフに言う。

特定の武器や防具にこだわる冒険者というのは、たしかにいる。使い慣れた武器に命を賭けるというのは、冒険者の誇りを刺激する話だ。

だが、ひとつの武器、ひとつの防具で通用するのは御伽噺《おとぎばなし》の中だけであることも事実である。迷宮には多種多様な魔物が棲《す》んでいる。

「魔物や環境に合わせて武器を替え、防具を替える。それこそが一流の冒険者ってもんさ。こだわりで命を失っちゃつまらないよ」

それはこの場所に店を構え、幾多の冒険者を見てきたメルンだからこそ言える言葉でもあった。

「……しかし、ぼくに盾が扱えるだろうか」

ミトロフが知っている盾使いはふたりいる。

ひとりは、赤目のトロルとの戦いで共闘したドワーフの大盾使い。もうひとりはカヌレだ。

ふたりともがミトロフとは比べものにならない怪力であり、その力で魔物を撥《は》ね除《の》ける。ミトロフは、同じように戦える気がしない。

「アンタはこのガントレットをよく使いこなしてる。傷を見りゃ分かる。小盾を使っても下手なことにはならないだろう」

なんと！　とミトロフは目を丸くした。

口の悪いこの老女が、自分を褒めるなんて！

「……店主、調子が悪いのか？」

「馬鹿だねアンタは！」

ばちんと肩を叩かれる。

メルンは呆《あき》れた様子でため息をつき、やれやれと首を振った。

「とにかく、どのみち修理には時間がかかるよ。仕事が立て込んでるからね。その間に手ぶらで迷宮に行くわけにもいかないだろう」

それはもっともだった。

では修理が済むまで探索を休みますと言うわけにもいかない。かといって手ぶらでは、小刀兎の相手は荷が重い。

「……では、おすすめの小盾を」

「まいど。そうさね、使い方に不安があるなら、ギルドで盾の講習でも受けてきな」

2

斜向《はすむ》かいのグラン工房に顔を覗《のぞ》かせると、すぐに少年がミトロフに気づいた。

「あ、いらっしゃいませ。以前にも来ていただきましたね」

「ああ、以前は自分にやることがないと追い返されてな。そろそろ見てもらおうかと思ったんだ」

少年は苦笑を返した。ミトロフと同じように、気難しい店主に追い返された客が多いのだろう。

「すぐに呼んできますね、お待ちください」

少年は店の奥に向かう。

ミトロフが壁に掛けられた剣や槍《やり》の穂先を眺めている間に、少年はドワーフを連れて戻ってきた。

小柄ながらも膨れ上がった筋肉の鎧《よろい》で丸々とした彼こそが、このグラン工房の主人だった。

「ん」

ひどく不機嫌そうにグランは手を突き出した。求められていることは分かっているので、ミトロフはすぐにレイピアを鞘《さや》ごと渡した。

これまで、ミトロフは愛想の良い商人にしか出会ったことがなかった。

貴族を相手に商売をしようという商人は、とにかく人当たりが良い。

貴族をおだて、良い気分にさせ、どんな難題文句を言われても不機嫌な顔は見せない。子どもでしかないミトロフに対しても、彼らは大袈裟《おおげさ》なまでに丁寧だった。

防具屋の店主メルンも、このグランも、そんな商人とはまったく違っている。彼らは職人であり、自分の腕に誇りを持っている。だからこそ客であっても畏《かしこ》まることをしない。

その在り方が、ミトロフには新鮮に、そして興味深いものに思える。

グランの傍らに控えた少年が、どこか心配そうに、また申し訳なさそうにミトロフを見ているが、当のミトロフの世間知らずがかえって良い方向に働いていた。

「少しは使い込んだみたいだな」

レイピアの刃を点検し、グランはぼそりと言った。

「覚えているのか？　一度見てもらっただけなのに」

「あぁ？　鉄を忘れるわけねえだろうが。人間のツラよりよっぽど違いがある」

グランは刃を鞘に納め、少年に渡した。

「切っ先だけ研げ。クロハチアオゴだ」

それだけ言って、グランは店の奥に戻って行ってしまう。

ミトロフはその背中を見送り、剣を抱えた少年と顔を見合わせる。

少年はどこか困ったように眉尻を下げ、ミトロフを見上げている。

「あのう、いかがいたしましょうか？　僕ではご心配でしたら、お返ししますけれど」

「……クロハチアオゴというのは？」

「砥石《といし》のことです。粗さごとに色と番手が分かれていて、どこまで刃を鋭くするのかで使い分けるので。黒の八番から始めて、青の五番まで使う、という意味です」

なるほど、とミトロフは頷《うなず》いた。

「きみは研ぎの仕事を任されているのか？」

「はい。お前は鉄を打つより研ぐほうが筋が良いって言われていまして」

少年は頬に照れを見せる。

仕事に関しては一切の妥協を許さないであろうあのドワーフの店主が、筋が良いと褒めた？

それはかなり、すごいことなのでは？

ミトロフは唸《うな》る。グランが任せたのだ。少年の腕はそれだけ確かだということだろう。

「きみに任せたい。よろしく頼む」

「ありがとうございます！　ご期待に添えるように頑張りますね！」

少年は腰を折るように頭を下げた。抱えた刺突剣の重みにバランスを崩し、わたた、とたたらを踏んだ。

ミトロフはちょっとだけ心配になったが、夕方には仕上がるというので、その間にギルドへ行くことにした。小盾の使い方を学ぶためである。

メルンがミトロフに渡したのは、シンプルな木製の丸盾だった。表には革が貼られ、縁は鉄で補強されている。裏地にはベルトと持ち手があり、腕を通して装着するようになっている。

左腕で扱う点はガントレットと同じだが、手甲と盾ではやはり違いも大きい。

ギルドでは冒険者のために、武器や防具の使い方や、基礎的な知識を学べる講座を開いていると、メルンは言っていた。

しかしギルドに来てみても、それがどこで行われているのかは分からない。

地下へと口を開いている迷宮に蓋をするように建つこの場所は、すべてが迷宮ギルドの管理下にあり、冒険者のための施設が詰め込まれている。

食堂があり、鍛冶屋があり、施療院があり、雑貨屋があり。上階は負傷した冒険者のための入院施設にもなっているという。

冒険者が安全かつ効率的に迷宮を探索するために発展した形のはずだが、明らかに冒険者ではない市民の姿もある。

彼らは何でも屋に近しい冒険者にクエストを依頼したり、暇を持て余して迷宮ギルドに観光に来たり、魔物の素材を買いに来たりする。

ミトロフはギルド内を歩きながら、講習を受けるべき場所を探す。途中で、見覚えのあるギルド職員を見つけた。ミトロフをよく担当してくれる丸眼鏡の受付嬢である。

彼女もまたミトロフに気づいたようで、愛想の良い笑みを浮かべて近づいてきた。

「ミトロフさん、今日はおやすみですか？」

「名前を覚えているのか」

ミトロフは目を丸くした。冒険者など毎日山のようにいるだろう。ギルドカードがあれば名前も分かるだろうが、今はそうではない。

受付嬢は鼻先にズレ落ちていた丸眼鏡を押し上げ、照れたように笑った。

「ミトロフさんは個性的ですから。赤目のトロルを討伐した新人、ということで、ギルドでも注目されているんですよ」

「そうか。それは身に余る話だ」

素直に聞けば嬉しい褒め言葉ではある。しかしミトロフは貴族の子息として育っている。他者からの褒め言葉をそのまま受け取るほど素直ではなかった。

さらりと受け流したミトロフの反応に、受付嬢は「あれっ」と肩透かしをくらったような表情を見せた。

冒険者は自らの功績を誇るものだ。とくに、名の知れた魔物を討伐したとなれば、いくらでも吹《ふい》聴《ちょう》し、酒の肴《さかな》にし、肩書きとして喧伝《けんでん》する。それは命懸けで迷宮に潜る冒険者にだけ許された特権であり、彼らの矜持《きょうじ》にもなる。

ましてやミトロフは冒険者としてかなり若い。褒め言葉に喜ばぬはずがないと思ったのだが、それは見当違いだったらしい、と受付嬢は意識を改める。

「今日も迷宮に？」

「じつは小盾の講習を受けたいんだが、どこで頼めばいいいんだろうか」

「講習！」

受付嬢は目を丸くして口を手で覆った。すぐに自分の態度を恥じるように頭を下げる。

「す、すみません。まさか、講習を受けたいという冒険者の方がいるとは思わなくて」

「冒険者のために開いているんだろう？　受講者が少ないということか？」

ミトロフは首を傾《かし》げた。

「いえ、はい、もちろん冒険者の方々に向けて、無料で開講しています。ただ、そのう」

と、受付嬢は周囲を見回し、声量を落としてこっそりと続けた。

「冒険者というのは、体面を大事にされるといいますか、衆目からの評価に敏感な方が多くて。ギルドの講座を受講するというのは、どうも恥ずかしいことのように考えられているんです」

ミトロフはきょとんとしている。

冒険者が体面を気にするのは分かる。誰もが自分の力や技術を頼りに、命懸けで魔物と戦っている。自信や矜持を抱くのは当然である。

しかし、ギルドで武器の扱いを学ぶ講座を受けたからと、それで周りから馬鹿にされることになるのは、ミトロフとしては納得ができないものだった。

受付嬢はうーん、と頭を悩ませ、ミトロフに分かりやすく伝えようと言葉を探した。

「例えばですね、冒険者というのは大抵、パーティーを組みます。そこで、ミトロフさんが盾を持って敵の攻撃を防ぐ〝タンク〟を募集するとしますよね。応募してきた方が、自分は昨日ギルドで盾の使い方の講座を受けてきました、と言うと、これは素人で頼りないやつだ、となりませんか？」

「真面目で向上心のある人なのだろうなと思う」

「……ええと」

受付嬢は困ったように眉尻を下げた。助けを求めるように左右に視線をやってから、うう、とうめいて、ずれた眼鏡を押し上げ、こほん、と咳払《せきばら》いをした。

「ミトロフさんは、はい、良いお人なので、そう思うかもしれません。ですが、一般的な冒険者の方は、そうした〝初心者〟の方を敬遠しがちなんです。募集するときには〝羽印〟の但し書きをつけることも一般的ですし……あ、〝羽印〟というのは、地下十階を達成した方のカードにギルドが打刻する認印のことです」

なるほど、とミトロフは頷いた。

ミトロフの家でも新しく使用人を雇い入れることがあった。大抵が若い半人前で、すぐに一人前の仕事ができるようなことはない。

貴族家にはそれぞれに特有の規則があったり、爵位によって求められる振る舞いや行事ごとも変わってくる。屋敷内を歩くのであれば、他家に知られては困るような繊細な情報にも触れることになる。

ゆえに、いかに能力があっても、他の家で長く働いた者を雇い入れることは稀《まれ》だった。そもそもそういう使用人を、家は手放さないものだ。

結果的に、能力の有無よりも、まだ何色にも染まっていない無地のような人材を引き入れ、その家ごとに時間をかけて教育していくのが一般的である。

だが冒険者は、育成に時間を費やすよりも即戦力として役に立つ人材を求めているようだ、とミトロフは考える。

ギルドの初心者向けのような講座を受講したとなれば、私は初心者ですと大声で喧伝しているようなもの、ということになる。

「ですから、あのう……よくお考えになった方がよろしいかと。そういう状況なので、講座を受講した方というのはどうしても目立つんです」

ギルド職員でありながら実情を説明し、冒険者の目線で心配してくれることに、ミトロフはありがたいと感じる。受付嬢が教えてくれなければ、ミトロフは気づきもしなかった事実である。

ミトロフは腕を組み、ふむと顎肉を撫でた。ぷよぷよと揉《も》み、よし分かった、と結論を出した。

「助言、感謝する。しっかり理解した。ぼくは講座を受講する」

「ええっ、ほ、本当ですか?」

「馬鹿にされようが揶揄《からか》われようが、言葉で骨は折れない。だが魔物は命を奪う。今のぼくには、冒険者としての矜持よりも技術の方が大事だ」

毅然《きぜん》と答えたミトロフに、受付嬢は「はええ」と気の抜けた声をあげた。かと思えば普段は大きな瞳を細めて、「ふふ」とやけに大人びた笑みを見せた。

「ミトロフさんは冒険者として大成なさるかもしれませんね。分かりました、ご案内します」

3

冒険者の多くは気づかないが、ギルドには小さな中庭がある。休憩場所でも、観光客のためでもない。むき出しの地面には草の一本も生えておらず、ただただ運動場として使えるようになっている。

受付嬢が手配してくれたおかげで、ミトロフは大して待たずに盾の講座を受講することができた。

中庭にはミトロフと、講師役の男しかいない。ふたりは向かい合い、互いを観察していた。

「なんだ、久しぶりの受講者は太っちょのガキか」

初老の男は気怠《けだる》げな瞳でミトロフを眺め、左手に持っていた酒瓶を呷《あお》った。

口の端から漏れた琥珀色《こはくいろ》の酒が無精髭《ひげ》の顎を流れ、シャツの襟を濡《ぬ》らした。幾日着古せばそうなるのだろうと、ミトロフが疑問を抱くほどにくたびれている。

男の立ち姿はひょろりと頼りなく、猫背気味で姿勢が悪い。灰色と黒の入り混じった髪は長く伸び、脂で絡まっている。そこから獣耳が生えているが、片耳は歪な形で途切れている。

講師、と紹介されたが、獣人の浮浪者にしか見えない男だった。

「俺はソン。お前に技術を教えてやるのが仕事だ」

「ぼくはミトロフだ」

「いい、いい。名前なんざ覚えやしない」

ソンはぞんざいに答えながら、右手に持った細い棒切れでミトロフの左腕を指した。

「小盾の扱いが知りたいって？　なにを相手にしてる」

ソンはミトロフに目線も向けず、興味もなさげに酒を呷る。

「小刀兎と剣角兎だ」

「避けられなきゃ盾を持つ。考える頭はあってよかったな」

ハッ、と笑い飛ばされる。

明らかな嘲弄に、ミトロフは目を細めた。

何なのだ、という感情が込み上げてくる。真剣に、生きるために技術を学ぼうとここに来て、講師と名乗るのは浮浪者のような身なりをした酒浸りの男。そして理由もなく嘲弄され、思わず一歩を踏み出し、

「ぼくは馬鹿にされるためにここに来たんじゃ」

「構えろ」

「なに？」

ぴゅっ。

やけに軽い音がした。

「――防げ、盾を持ってんだろ」

ミトロフは驚きに目を丸くする。

ソンが棒を振ったのだ。その先端はすでにミトロフの肩に当てられている。

速い――いや、遅い？

ソンは腕を軽く振っただけだ。見えていた。しかしミトロフには反応ができなかった。

ほんの一瞬の間に思考と現実がずれてしまったかのような感覚である。ミトロフは肩に当たる棒を見つめて動きを止めた。

「どんなものにも区分がある。ミルク、エール、ワイン、蒸留酒。お前はミルクだ」

ソンはミトロフを気にした様子もなく、肩から棒をどけた。

「ミルクのお前がやることは単純だ。攻撃がいつ、どこに来るかを見る。そこに盾を置くか、置かないかを選ぶ」

再び棒が振られる。今度こそミトロフはそれを盾で受けた。

「それでいい。受け流すだとか弾《はじ》くだとか、そんなことは考えるな。お前はミルクだ。いいな」

「……これが講習？」

「なんだ、騎士さまが魔法の呪文でも教えてくれると思ったか？」

再び風音。棒が振られる。今度は右。

ミトロフは咄嗟《とっさ》に身体を捻《ひね》り、盾を当てた。

「今のは避けろ。そこからどう動くつもりだ？」

言われて自分の体勢を確認すれば、たしかに不自然だった。盾を持った左腕で右半身を守るために、腰から捻《ねじ》れている。

「小盾はなんでも防ぐ盾じゃない。必要なときだけ、最小限に使うもんだ。そこを理解しない馬鹿が、小盾は役立たずだと騒ぐ」

　ミトロフは喉を詰まらせた。言葉も出ない。ミトロフ自身、大盾の劣化品という程度の認識でしかなかったからだ。

「その必要なときを、どう判断するんだ？」

「勘だ」

「なんだって？」

　冗談でも言っているのかと思ったが、ソンは表情も変えていない。

　酒をひと口。唇を腕で拭うと、ミトロフの視線に片眉を上げて答えた。

「今、お前がこの棒を防いだとき、考えたか？」

「……いや」

「見て、考えて、身体を動かし、防ぐ。それじゃ遅い。反射で動く。それしかない」

「なら、どうやって使い方を、いや見分け方を覚えるんだ」

　ミトロフが訊《き》くと、ソンは肩をすくめた。そして右手に持った棒切れを上下に振って見せた。

「身体で覚えるんだよ。分かるだろ、太っちょ」

　ぴゅん、と風切り音が鳴った。

4

「ミトロフさま、そのお顔は」

翌朝に顔を合わすなり、カヌレはおずおずとミトロフに訊いた。戸惑ったようにも、動揺しているようにも見えるのは、ミトロフの顔に見覚えのない青痣《あおあざ》ができていたからだ。

唇の端や目の周りであれば、喧嘩《けんか》で殴り合いでもしたのかと思われるだろうが、ミトロフの場合は顔の中心を真横に一筋、綺麗な直線の痣である。

「……ギルドで小盾の講座を受講してな。講師の棒切れを受け損なった」

「それは、ずいぶんと熱の入った講座だったのでしょうね……？」

育ちも良さそうなカヌレらしい表現に、ミトロフは唇を曲げた。

「熱の入った？　とんでもない。あれは講座という名のいびりだ」

顔だけでなく、身体のあちこちに痣がある。それがじくじくと痛むたびに自分の不甲斐《ふがい》なさを情けなく思うやら、ソンの卓越した棒の扱いと意地の悪さを腹立たしく思うやら。

「いびり？　でしたら、ギルドに苦情などは？　そうした行いは是正されるべきかと思いますが」

「いや……手法に不満はあるが、目的はしっかり果たしている気がするからな……ぼくも対応に困るところがある」

「はあ」

釈然としないカヌレに、ミトロフもまた説明に苦慮する。

ミトロフはあちこちに痣をもらい、地面を転がり、罵られ、汗と鼻水まみれにされた。

しかし、最後にはたしかに、ソンの振る棒切れを小盾で受け、躱すことが身についたのだ。ちゃんとした成長を実感できているからこそ、怒るにも怒れない。

「とにかく、実戦で試してみよう」

ミトロフはガントレットの代わりに左腕に巻いた小盾のベルトを締め直した。

ソンの棒切れとは勝手が違うと思ってはいたが、探索はミトロフの想像を超えて楽になった。

地下十階に至るまでの魔物を相手にするだけでも、戦い方の意識がたしかに変わったことに気付かされる。そして問題の小刀兎に対して、ミトロフはついに適解を得たと言えた。

飛んでくる小刀兎を、小盾で弾く。あるいは叩き落とす。

兎は小さく、軽い。盾で真っ向から受け止めても、腕が痺《しび》れるようなこともなかった。

ソンの棒切れの縦横無尽な動きに比べれば、直線的に飛んでくる小刀兎を見極めることは難しくない。どこに飛んでくるかを見て、冷静に小盾を扱う。

痣だらけになるほどの特訓は、確かにミトロフに小盾を扱うことを覚えさせていた。これでは苦情も言えないな、とミトロフは苦笑する。

「お怪我《けが》はありませんか？」

小刀兎の群れを討伐して、ひと息。カヌレがミトロフに寄ってくる。

ミトロフは両手を広げて見せた。

「傷ひとつない。小盾は便利だ。研いでもらったレイピアも鋭い」

「それはよろしいことですね。わたしも安心できます」

カヌレの声もどこか明るい。今までミトロフが傷だらけになりながら暗い顔で探索を続けているのを側で見ていたのだ。

「カヌレにも心配をかけたようだ。すまない」

「いいえ。ですが、油断なさいませんように」

「気をつけよう」

カヌレの注意する言葉には、どこか揶揄うような明るさがある。ミトロフも笑って頷いた。

小盾といえど、安いものではない。

特にメルンは中途半端な品物は売らない。信頼に足るだけの質を重視すれば、値段も比例する。

そこらの防具屋で買う安盾よりも金はかかったが、ミトロフは間違った買い物ではないと思っている。

この小盾に命が懸かっている。金で安全が買えるのであれば、惜しむ理由はない。

ただし、懐が寂しくなったことを悩む気持ちはまた別である。小盾を存分に活用し、しっかりと金を稼がねばと、ミトロフは気を引き締めた。

「そういえば、カヌレの盾はずいぶんと質が良さそうだな」

「そう、ですね。しっかりした物です」

カヌレが背負っている丸盾は、ミトロフの小盾よりもずっと大きい。小柄なカヌレが構えれば、上半身をほとんど隠してしまう。

ミトロフの盾が木に革を貼った物であるのに対し、カヌレの盾は黒々と輝く金属である。羽ばたく鷲《わし》の見事な意匠も施されており、無骨な防具の中に優雅さが取り入れてあった。

それはどこで……と言いかけて、ミトロフは口をつぐんだ。

ミトロフは貴族である。貴族には教養が求められる。幼いころから芸術について学び、美術品を鑑賞し、〝美しいとはなにか〟を語るための感性を磨く。

故に、ミトロフの貴族としての目が〝美しい〟と感じるのであれば、その丸盾は並の品ではない。その出所を訊《たず》ねるというのは、カヌレの身分や事情に深く関わることになると察したのだ。

そうしたミトロフの気遣いを、カヌレもまた沈黙から読み取っていた。

ふたりは黙ったまま小刀兎の耳を集め、それをカヌレの背負い袋にしまった。カヌレは壁際のランタンの下で背負い袋の紐《ひも》を縛り、ふと顔を上げて周囲を確認した。

誰もいないことを念入りに確かめてから、ミトロフに顔を向ける。カヌレが持つランタンの揺らめく炎がフードの奥を照らし、そこに隠れた頭蓋の白さの一端を浮かび上がらせた。命が宿っているとは思えぬ姿。そこから、カヌレの声が響いている。

「ミトロフさま。きっともうお気づきでしょうが、わたしは――」

続く言葉にミトロフが耳を澄ませたときである。

カヌレは途中で言葉を止め、通路を振り返った。ミトロフたちが通ってきた道である。

ミトロフも顔を向ける。

カチャン、カチャン、と。金属が石畳を踏む音がする。魔物ではない。人だ。

等間隔に通路を照らすランタンの明かりに、その姿が見えた。

白銀の騎士である。

「……なんだ？」

ミトロフは首を傾げた。騎士とは地位ある主君に仕えるもの。迷宮に独りでいるのはあまりに不自然である。

鎧を着ている冒険者、という可能性はあるが、騎士甲冑《かっちゅう》は市販されるようなものではない。代々、騎士の家系に受け継がれるものだ。

甲冑を着ているのであれば、それこそが騎士の証《あかし》である。

浮かび上がった騎士の姿にカヌレが息を呑《の》むのをミトロフは聞いた。カヌレに心当たりがあるのだ、と分かる。

ミトロフはカヌレの様子を見た。もし逃げるような素振りがあれば、ミトロフはすぐに一緒に走り出す覚悟だった。しかし、カヌレは動こうとはしない。

逃げるでもなく、かといって、騎士に駆け寄るでもなく。ただ、そこに呆然《ぼうぜん》と立っていた。

騎士も急ぐでもなく、庭でも歩くようにミトロフたちの前までやって来て、足を止めた。

「息災のようだな」

甲冑の中から、くぐもった男の声が響いた。

「――はい、兄さま」

とカヌレは頷いた。

兄さま、とミトロフは目を丸くした。

5

「まさか迷宮に潜るとは。お前には昔からよく驚かされる」

兜《かぶと》が動き、その奥にある視線がミトロフに向けられる。

「貴公が世話を見てくれていたのかな。妹が面倒をかけた」

「……いや。カヌレにはぼくの方が面倒を見てもらっているくらいだ」

「カヌレ？」

と、騎士は首を傾げ、ああと頷いた。

「そうか、カヌレか。場所を変え、名を変えれば、人生の定めも変わると思ったか」

「――いえ」

「充分に楽しんだろう？　帰るぞ」

騎士は幼児をあやすかのように柔らかな声で言う。

カヌレは諦めたようにうつむいている。

ミトロフは眉間に皺《しわ》を寄せた。驚きはしたが、事情は単純であった。もともと、カヌレはどこぞから逃げてきた身である。そして彼女が兄と認めているのだから、騎士の身分は疑いようもない。

「待ってくれ、話が急すぎる」

「生憎《あいにく》だが、貴公が口を挟む余地はないことだ」

たしかにそうだ。聞くに、これは家族の問題であるらしい。しかしカヌレは、兄と再会したことを喜んでいるようにも見えなかった。

他家の事情に口を挟むべきではない。貴族として育ったミトロフは、それをよく理解している。それでも何かを言おうと思うなら、口を挟むだけの権利があると主張するしかない。

ミトロフは瞬時に思考を巡らせた。

「ぼくは、カヌレの雇用主だ」

「ほう？」

「彼女を荷運び《ポーター》として雇った。勝手に連れて行かれるのは困るし、契約違反だ」

「冒険者にも契約はあるか。たしかに、それは貴公に不利益だ」

ミトロフはひとまず息をついた。白銀に磨かれた騎士鎧で迷宮に立つ姿は普通ではないが、中の人間とは理性的な話し合いができるようだ。

「どのような契約かを訊いても？」

「……カヌレは、荷運びとぼくの探索の補助をする」

「契約期間はどれほどになろう？」

ミトロフは咄嗟に、一年、と言いかけた。カヌレと期間の契約は交わしていない。でまかせに大きな数字を言って、ひとまず時間を稼いでしまえばいいと思った。

しかし、とミトロフの思考がまわる。〝昇華〟によって得た冷静さが今も働いている。安易な言葉選びを是正する。

騎士の男は理知的である。ミトロフの契約という言葉を尊重し、あえてその内容を確かめた。であればおそらく、契約の基本的な約款について知識があるからに違いない。

ミトロフは一瞬の間に古い記憶を探った。貴族としての基礎教育で労働契約についてもあらましを学んでいる。

「……ひと月ごとに、更新することになっている」

「個人間での雇用契約としては一般的だな。不平等なものなら踏み倒せたのだが、惜しいな」

甲冑の奥から息を抜くように笑う音が響いた。ミトロフは目を細めた。

「念のためだ、契約書を確認させてもらえるかな。もし交わしていないというなら、法的な拘束力はここにあるまい」

「もちろん契約書は交わしたとも」

「ではどこに？」

「実は先日、迷宮内で激しい戦いがあってな。そのときにすっかり破れてしまったんだ」

「妹に渡した控えがあるだろう？」

「ああ、すまない、説明不足だった。カヌレが持っていた控えの契約書が破れたんだ」

「なるほど。驚く話だが、戦いの中ではよくあることだ」

「ああ、ぼくも驚いた」

騎士は愉快そうに頷いた。ミトロフも笑みを返す。

「では原本は無事、ということだな?」

「ぼくの相棒が大切に保管している。これが信用のおけるやつでね」

「ではその相棒とやらを紹介してくれるかな」

「ぜひそうしたいんだが、相棒は今、止《や》むに止まれぬ事情で故郷に戻っていてね。うっかり契約書も持って行ってしまった」

「なるほど、まるで作り話のように都合がいいな」

「ああ、ぼくも自分で信じられないよ。だが、これが本当の話なんだ」

ミトロフはよく動く自分の口に、事実、驚いていた。

そしてその口振り、不都合な事実を決して認めない話し振りが、父——バンサンカイ伯爵が交渉するときにそっくりであることを自認した。

ミトロフがまだ父に期待されていたころ、交渉の場に同席を許され、父がこうして話す姿を見てきた。その背中が、どうしてか懐かしくもある。

「では、雇用契約は交わしたが、その契約書はない、ということだな?」

「いいや、それは正しくない。契約書はある。しかしすぐには見せられない状況だということだ」

ミトロフは胸を張る。騎士の背は高い。見上げる形になる。騎士甲冑の威圧感に押し負けそうになる。

だが貴族とは権威。甲冑も剣も持たず、己《おの》が身ひとつで他者を従える存在である。ミトロフはその振る舞いを父から学んでいる。

ゆえに、なんの後ろ盾も、正当性も、地位もないまま、ただ誇った。堂々と立つ。自分こそが正しいのだと振る舞う。

「不測の事由によって契約の条項を正しく確認できない場合、契約内容の信頼性は契約者同士の意思を尊重する……つまり、ぼくとカヌレが共に間違いないと認めるのであれば、それが契約の証と同義になる」

「古い契約の法をよく知っているようだ。なら、その約款にはこう続いているのも分かっているな。……但し、本人の意思が間違いなく自由であることが保証される場合に限る、と。貴公が我が妹を脅してその意思を強制していないと、どう証明する?」

「簡単だ」

ミトロフはカヌレをビシッと指し、照覧あれとばかりに宣言した。

「――ぼくより、カヌレの方が強い。彼女が逃げたければ、ぼくを叩きのめせばそれで済む」

しん、と静寂。

迷宮のどこか遠くで、ガァン、と鈍い音が反響している。剣角兎が壁に突っ込んだに違いない、とミトロフは思った。

「ふ」

と。

「ふ、ふ、ふ、ふ」

騎士甲冑の中で、男が笑っている。ミトロフから見れば、白銀の勇ましい騎士が仁王立ちで小刻みに揺れているようにしか見えず、場違いな滑稽さがある。

騎士は急に笑いを収めた。

「よろしい。貴公の言い分を認めよう」

「それは助かる」

「契約の更新はひと月ごと。月末には、妹は自由の身だな。そのときに改めて話をさせてもらおう」

では、と言い置いて、騎士はあっけなく踵《きびす》を返した。

かしゃん、かしゃん、と鳴る音が、迷宮の闇に残響して、ついに姿は見えなくなった。

ぶはっ、とミトロフは息をついた。

全身に入っていた力が抜けた。あの騎士の纏《まと》う独特な気配にあてられたらしい。

「なんとも個性的な兄君《あにぎみ》だな」

ミトロフがカヌレを見る。すると、カヌレはいつの間にやらちょこんとその場に正座をしている。

「――ミトロフさま、ご面倒をおかけしました。それに……それに、ありがとうございます」

カヌレはかすかに震える声で言って、黒の革手袋の指先を揃《そろ》え、頭を下げた。

それはいつの日かに街中で初めてカヌレと出会ったときと同じ光景だった。

「いや、いいんだ」

とミトロフはぶっきらぼうに答えた。誰かに感謝されることに、慣れていない。

6

カヌレの兄を名乗る騎士と出会ったことで迷宮の探索は切り上げることになった。

地上に戻ってきて、ミトロフとカヌレはギルドから場所を移した。かつてグラシエが泊まっていた宿の、小さな食堂の端に席を取る。他人に聞かれたくない話をするのに、他に良い場所をふたりは知らない。

太陽の沈みはまだ夕方前である。薄暗い食堂にはほとんど客もおらず、対角のテーブルでひとり、エルフ族の男が酒を飲んでいるだけだった。

ミトロフは赤ワインと兎肉の料理を頼んだ。迷宮から持ち帰った小刀兎の肉を渡し、宿の主人に調理を頼んだのだ。これで安く、満足いくまで肉を食うことができる。

無愛想な宿の主人が赤ワインのボトルと、グラスをふたつ持ってきた。ミトロフはふたつともにワインを注いだ。

カヌレは呪いを受けて以来、飲み食いができなくなっている。それでも、空のグラスを目の前に置くことは、ミトロフにはためらわれた。

「改めて、ミトロフさまにはご面倒をおかけしました」

カヌレの謝罪に、ミトロフは頷きを返した。面倒をかけられたとは思っていないが、そこから否定していては話も進まない。

「あれは本当にカヌレの兄君なのか？」

「……はい、間違いなく」

「騎士と見受けたが、きみは騎士爵だったのか」

カヌレはミトロフの質問に頷き、ぽつぽつと言葉を落とした。

かつて国と国が争い、国の中でもまた対立する貴族たちが領地を奪い合う時代が長く続いた。多くの若者が兵士となり、際立った勲功を挙げた者は騎士という称号を得た。しかしそれも今は昔のことだ。

世は治められ、戦よりも外交的な駆け引きが主流となり、剣と鎧の騎士の舞台が廃れて久しい。王立近衛《このえ》騎士団は存在するが、彼らが戦場に立ったことは数十年以上ない。

それでも騎士は未《いま》だ廃れず、準爵家――騎士爵と呼ばれる位階が創設され、選ばれた家々が騎士を世襲している。

「騎士爵の家に生まれた女は、淑女としての振る舞いと、武術とを学びます。そして年ごろになれば、準騎士として貴族の女性たちの近衛を兼ねた従者になるのです」

「聞いたことがある。貴婦人たちにとっては、女騎士は社交界で身を飾るために欠かせぬ花だと」

見目美しく、所作抜かりなく、そして武勇優れる女騎士を側《そば》に置くこと。それが社交界での流行なのだ。

騎士物語はいつの世でも人の心を惹《ひ》きつけてやまない。勇壮な騎士に剣を捧《ささ》げられ、忠誠を誓われることは、今でも変わらず貴婦人たちの憧れとなっている。

騎士は爵位を得た代わりに、末代まで国へ忠誠を誓っている。かつては気高き騎士道と己の剣に生きていた騎士は、今では自らの家を守る責任を負っている。勇猛なる騎士物語は、今の時代では幻想と消えている。

だからこそ貴婦人たちはその幻想を重ね合わせ、飾り立てた女騎士を身近に置くのだ。男装をさせることも珍しくないという。

もちろん男子禁制の場における護衛の役割という実利もあるが、淑女たちが悪漢に襲われることはそうそうない。

「わたしも、とある方の従者をしておりました。詳細は語れませんが、その方を庇《かば》うかたちで、わたしが迷宮の遺物の呪いを受けたのです」

「……なるほど。それで放逐されたのか」

貴族は面子《メンツ》を重視し、醜聞を嫌う。それは騎士を側に置く側も、騎士を送り出す側も、どちらの思惑も関わってくる話だ。淑女を守って呪いを受けた騎士、という美談だけでは片付けられないのが貴族の社交界であろう、とミトロフは考える。

カヌレは言い淀《よど》むような調子で、ゆっくりと言葉を選んだ。

「少々、混み入った事情がおありの方なのです。それに……このような姿になってしまっては、お側に仕えるわけにもいきません。父に家に戻るように言われました。家の恥を晒《さら》すことになるから、と」

家の恥、という言葉を、ミトロフは強く理解できる。

貴族の在り方は、個ではなく家だ。先祖が代々と守ってきた領地、地位、名誉……それらを守り、次代へ託すこと。それこそが家の大事なのだ。

家の価値を下げるとなれば、個を切り捨てることも選ぶ。それが貴族家の当主の役目でもある。

「家に戻れば、おそらく一生、わたしは外に出られません。女騎士たる者がこのような身なりでは、どこにも役目はありませんし」

そんな馬鹿な、とは笑えない。ミトロフは貴族の実情を、その容赦のない価値観を知っている。

事実、貴族家にはどこも、座敷牢《ろう》や地下牢がある。それは罪人を入れるためというより、他家に知られては困る一家の恥者を飼い殺すための牢なのである。

貴人を守った功績はあれど、呪いにより魔物と同じ姿になってしまったカヌレを放任しておくわけにはいかない、というのが家長の判断であり、それを間違っているとは言えない理屈を、ミトロフも理解できた。

あの騎士爵には魔物の子がいる――悪意のある噂《うわさ》が広まれば、問題は家の存続にすら関わる。

カヌレの肩には、カヌレ個人だけでなく、ここまで連綿と続いてきた騎士爵の家名が重石《おもし》となって乗っているのだ。

「……お嬢さまが、わたしを逃がしてくれたのです。迷宮街に行けば姿を隠せる、迷宮の中ならば姿を戻す手がかりもある、と。わたしはそのお言葉に甘えてしまいました」

ですが、と、カヌレは視線を下げた。

目の前に置かれたワイングラスを見つめている。テーブルの真ん中に置かれた小さな蠟燭《ろうそく》が、グラスの中のワインをささやかに照らしている。

「この生活が長くは続かないと分かっていました。期待よりは短く、思っていたよりも長く、ミトロフさまと冒険ができたこと、わたしは生涯忘れないと思います」

本当にありがとうございました、とカヌレは深々と頭を下げた。

まるで今生の別れじゃないか、とミトロフは思う。

もう二度と会えないわけではないだろう、元気をだせ。

手紙を送ってくれ。ぼくも送る。

今からでも遅くない。別の街に逃げればいい。

ミトロフが口にできる言葉はいくつもあるが、その中に価値のあるものは何ひとつ見つけられなかった。すべてが虚《むな》しく、すべてが無意味だった。

店主が鍋を持ってやって来て、ミトロフの前にどんと置き、何も言わずに戻っていく。

鍋の中身は焼いた兎肉にグレービーソースをかけたものだった。貴族の食卓にも上がるほど一般的な、ミトロフにも馴染《なじ》み深い料理だ。

ローストした兎肉はサイコロ状に切られている。兎肉を焼いたときの肉汁と、よく炒《いた》めた玉葱《たまねぎ》、それにアーモンドミルクと香辛料を加えて、汁がとろりとするまで煮込んだものである。鍋の真ん中には蒸しジャガイモを潰したものが小山になるほど放り込まれていた。

ミトロフはポケットから食事用のナプキンを取り出し、それを広げる前にふと見つめた。

料理のソースが服を汚すのを防いだり、食後に口や手を拭うための布など、屋台にも食堂にも置いていない。ミトロフはナプキンを持ち歩くようになっていた。

ミトロフは自分がもう貴族ではなく、冒険者になったのだと思っている。

しかし食事のときにはナプキンを使う。冒険者はこんなものは使わない。

身体や感覚に刻まれた生き方を変えることは、難しい。

カヌレに、再び逃げてしまえ、自由に生きればいいと言うことはたやすい。そんなことは彼女も分かっている。分かった上で、その選択肢を選べない自分を知っている。

テーブルマナーなど誰も気にしない食事ですら、ナプキンを広げてしまう自分のように。

「――今日は途中で切り上げてしまったからな。明日も迷宮に潜ろう」

カヌレが顔を上げた。屋内でも脱ぐことのないフードのために、カヌレの表情は分からない。燭《しょく》台《だい》に立つ蠟燭の火が照らしてくれるのは、せいぜい、彼女の顎の骨の白さだけである。

カヌレがどんな感情を示しているのかを、ミトロフは読み取れない。それでも何かを伝えたいと思っている。

「ぼくときみの契約は月末までだと、兄君は了解した。それまでは誰になんと言われようと、きみはぼくの仲間だ。いてくれないと困る」

「……はい」

それきり、ミトロフはもう何も言わず、ナプキンを襟首に差しこんで兎肉に取り掛かった。

実家で専属の料理人が作ったものとは、何もかも違う。香辛料は少なく、質も悪い。砂糖もほとんど入っていない。じゃがいもは朝にまとめて潰したものなのだろう、冷え切っていてボソボソした舌触りだ。火を入れすぎた肉は硬く、下処理をしていないせいで筋張っている。

カヌレは背筋を伸ばして膝に手を置き、ミトロフが汁ひとつ跳ねさせず肉を平らげていくのを見つめている。

会話もなく、ミトロフが食器をぶつける音を鳴らすこともない。咀嚼音《そしゃくおん》もしない。身体に染み付いた所作は、場末の宿屋の食堂には不釣り合いなほど優雅だった。

蠟燭がときおり隙間風に吹かれ、その度にふたりの影がゆらめいた。

第三幕　太っちょ貴族は迷宮を進む

1

「今はまだいいが、こうして往復してばかりでは時間がかかって仕方ないだろうな」

ミトロフは空いた場所に荷物を下ろしながら、カヌレに言った。

「そうでしょうね、目的階に行くだけでも日が過ぎてしまいそうです」

ようやく地下十階にたどり着いたところである。階段前の小部屋は他の階に比べても広く、いつ来ても大勢の冒険者が思い思いに休んでいる。

落ち着ける壁際に人が集まるため、中央はたいてい空白地になっていて、ロの字型に冒険者たちが陣取る形である。

浅い階層では休憩している冒険者の数も少なく、ほとんどは布を敷いて座る程度だった。しかしこの休憩広場では、隅にテントを張って休んでいる者もいれば、すっかり装備を脱いでしまって平服で食事をしている姿も見かける。すぐに帰るつもりがない証《あかし》である。

迷宮は深く、道中には魔物が蔓延《はびこ》り、地上との行き帰りには時間がかかる。深くまで潜るとなれば、何泊という長旅になってしまうだろう。

延々とこの地下迷宮から出られないとなると気が滅入《めい》ってしまいそうだ、とミトロフがぼやくと、隣で休んでいた冒険者が笑った。

「なんだ、坊主、知らねえのか」

中年の男である。短く刈り込んだ髪と顎髭《あごひげ》には白いものが混じっている。目尻は下がり、瞼《まぶた》は眠たげだった。それが男の雰囲気を柔らかくしている。

「知らない、とは？」

「十階を攻略すれば〝羽印〟がもらえるのは知ってらあな？」

「ああ、受付嬢が教えてくれた。それが一人前の区切りだ、と」

「じゃあなんで〝羽印〟だと思う？」

それは、とミトロフは言いかける。初心者のことを〝羽つき《ルービー》〟と呼ぶ。ルービーという鳥は、特徴的な赤い羽が抜け落ちると成鳥になる……。

男はミトロフの言おうとしたことを先読みしたように首を横に振った。

「違う違う。冒険者は文字通りの〝羽〟を手に入れるのさ」

まるで謎かけである。それはどういう意味か、とミトロフが首を捻《ひね》ると、短髪の冒険者の向こう隣に座っていた男が口を挟んだ。

「おい、また新人に〝講座〟を開いてやってんのか」

短剣に砥石《といし》をかけながら、その男はミトロフに顔を向けた。

「こいつはな、ここで座って待っちゃ、新人が来るとその話をするんだ。どういうことですか？教えてください！　そう言われるのが楽しみでずっとここにいるんだよな？」

「おい、俺を性根の腐った変人みたいに言うんじゃねえよ！」

「自分のことをよく分かってるじゃねえか」

「うるせえ！　俺みたいな剣士は剣角兎《うさぎ》の相手が苦手なんだよ！」

「じゃあ早くパーティーメンバーでも見つけろよ！」

「仕方ねえだろ！　こんな中年のおっさんが声かけたら怪しいんだから！」

「かーっ、自信も魅力もない中年ってのは情けないねえ！」

普段から親しみ深いらしい。ふたりは立ち尽くすミトロフとカヌレのことなど気にした様子もなく、言葉の応酬を激しくした。

「〝大昇降機〟があるんだよ」

ちょうど通りかかった獣人の女性が軽く教えてくれた。

「悪いね、会話が聞こえちまってさ。ほら、耳がいいから」

と指差すのは、頭部からぴょこんと生えた獣耳である。

「あ！　なんで俺の代わりに教えてるんだよ！　ばか！」

「ばかはあんたたちだろう。新人を捕まえてなにを下らない話を聞かせてんだい。若い子はあんたらほど暇じゃないんだよ。働きな」

うわ、とミトロフが一歩引いてしまう舌鋒《ぜっぽう》だった。男たちは途端に熱気を収め、しゅんと首を垂れてしまう。

「ひどい……ひどすぎる……気にしてるのに……」

「そこまで言わなくたって……なあ……?」

「そうやってふたりで仲良く傷を舐《な》め合ってな」

一瞥《いちべつ》で切り捨てて、獣人の女性はミトロフに向き直った。表情はころりと変わり、人好きのする軽やかな笑みを浮かべている。

「あまり知られちゃいないが、迷宮には縦穴があってね、地上には大昇降機が据えられてんのさ。もちろん金は取られるが、深いところに行くにはこれほど便利なものはない」

ほう、とミトロフは感心した。

「それは、魔法で作られたものなのか?」

「さあて、小難しいことはあたしには分からないよ。使えるから使う。そんなもんさ」

「遺物だよ、遺物」

と、短髪の男が言った。

「あんなすっげえもんを動かすんだ、古代人の叡智《えいち》に違いねえよ」

「まるで乗ったことがあるみたいに言うね?」

「お前さ、俺にひどくない?」

短髪男のしゅんとした横顔を見て、短剣を持った男が「だはは」と笑った。手の中で器用にくるりと回し、指で研ぎ具合を確かめながら、説明を継いだ。

「ありゃギルドのお宝のひとつだからさ、詳しいことは誰も知らねえのよ。〝遺物〟で動いてるだとか、天才が作った〝ジョウキ〟だとか、噂《うわさ》は聞くけどな。大事なのは、下まであっという間に降りれるってことだよ」

「金を払えばね」

と獣耳の女性が言う。

「そう、金を払えば歩く必要がない。まるで羽が生えたように、上から下へ、下から上へ思うがまってわけだ」

「なるほど、それが〝羽〟というわけか。勉強になる」

ミトロフの堅苦しい言い方に、三人の冒険者たちは顔を見合わせた。それぞれに一瞬、目を交わし、しかしそれで終わりである。

冒険者というのは誰もが何かしら事情を抱えているものである。深くは訊《き》かない。それが冒険者同士の暗黙の了解でもあった。

「ま、いくら十階を越えたって、時間さえ掛けりゃ往復できるんだ。大昇降機を使わねえやつらも多いんだぜ」

気を取り直したように短髪の男が言う。指さしたのは、小部屋の向かいに張られたテントである。

「なにしろ高《たけ》えからなあ。使うにしても片道分だけで済ませるやつが多いよな」

「そりゃタダにしてごらんよ。あんたみたいな能無しが樽《たる》いっぱいに乗りこんで落っこちまうさ」

「言い過ぎじゃねえか!?」

獣耳の女が笑い、短剣の男が笑い、揶揄《からか》われた短髪の男も言い返しながら笑っている。

それを見て、ミトロフもまた笑った。後ろでひっそり、カヌレの堪《こら》えたような笑い声がしているのも、ミトロフは聞いている。

ミトロフとカヌレは休憩がてら、男たちと談笑を楽しんだ。三人は熟練の冒険者というわけではなく、転職してまだ数年と経《た》っていないらしい。

それでもミトロフよりははるかに迷宮に慣れている。ミトロフが未《いま》だ手放せない緊張感を、男たちは見事に捨て去っていた。それは悪い意味ではなく、休むべきときにはしっかりと休む、という意識の切り替えが上手《うま》いのだ。

ミトロフは剣でも礼儀作法でもダンスでも、必ず家庭教師から教えを受けて育った。指導者がいて、それに従えば上達した。しかし今、冒険者がどうあるべきかという教えを授けてくれる教師はいない。

あえて言えばグラシエに基礎を教わりはしたが、それはあくまでも序の序。いまだに知らぬことと分からぬことの方が多い。先達とこうして話すことは、ミトロフにとっても学びの多いことだった。

三人は午前中に探索をしていたとのことで、まだしばらく休むという。

では、また。と、再会を約束する挨拶を交わして、ミトロフとカヌレは迷宮の奥へと進むことにした。

人の気配に溢《あふ》れ、光に満ちた小部屋から離れるほどに、少しずつ心細さが染み込んでくる。そこから先は魔物の領域であり、弛《たる》んでいた緊張の糸を引き締め直す必要がある。

ミトロフはいつでも抜けるように刺突剣の柄《つか》に右手を添える。視界の中に動くものがないかと目を凝らしながら、カヌレに話しかけた。

「大昇降機か。迷宮にはすごいものがあるんだな」

「はい。わたしも驚きました。どんな原理で動くものなのか……使えるようになれば、探索も楽になるでしょうね」

「少なくない金がかかるらしいというのが、悩みどころだが」

難しい顔で言うミトロフの声に、カヌレは鈴を転がすような声で、柔らかく笑った。

「そうですね、帳簿に書く項目が増えてしまいますね」

「今のところはちゃんと記録が続いている。食費が家計を圧迫していることが判明した」

カヌレはまた笑う。

「そう笑うな。ぼくは本腰を入れて痩せる必要がある気がしている」

「そこまでお気になさらずとも。今のミトロフさまも素敵ですよ」

カヌレの言葉に慰められはするが、その言葉に甘えてしまっていいものかと悩ましい。

冒険者となってミトロフの運動量は飛躍的に増えたが、体重はあまり減っていない。

「迷宮帰りの食事は、美味《うま》すぎるからな……」

そう、美味いのである。

迷宮の中で汗を流し、命を削り、疲れきった精神と肉体。そこにぶちこむ味の濃い屋台の飯は、まるで命が求めていたかのように美味い。そして胃袋に食い物を放り込む感覚のなんと素晴らしいことか！

はじめこそ食卓に並べられるような貴族の、いわばお上品な食事との違いに違和感もあったが、今ではミトロフもすっかり庶民の食事に慣れてしまった。

塩気も香辛料も強い味付けは、迷宮で労働をしたあとの身体《からだ》には不可欠なものである。

冒険者は迷宮でのひどい緊張と精神の昂《たかぶ》りを解消するために、特定の行為や行動に過剰にハマる傾向がある。ミトロフの場合は元々、食うことに集中していたこともあり、迷宮帰りには必ず暴食してしまう。

夜な夜な、腹を叩《たた》いてはわずかに後悔してはいたのだが、その暴食ぶりが数字となって帳面に現れてしまったがために、理性が大義名分を握ったように自分の本能を非難している。食い過ぎだぞ、と。

しかしミトロフは食べることが好きなのだ。ほどよく、と制限することは、なかなか難しい問題だった。

今日こそは節制した食事にするべきかと悩んでいたそのとき、廊下の先に浮かぶ影に、ミトロフは気づいた。

2

敵か、と身構えるも、近づけばそれが人の形をしていることが分かる。足を止めずに行けば、影は鮮明になっていき、獣人の少女——アペリ・ティフだと分かった。

「本当にぼくが来るのが分かったのか」

ミトロフは驚きながら言う。せんだっての別れ際、ミトロフはアペリ・ティフにハンカチーフを渡した。においが付いたものがあれば、ミトロフを探すことができると彼女が言ったからだ。

「……におい、分かりやすい」

「それは少し複雑な気分だ。臭くないといいんだが……怪我《けが》はもういいのか？」

アペリ・ティフが脚に負った傷は命に関わるほどではなかったが、すぐに完治するほど浅くもない。

「……歩ける。大丈夫」

「そうか。それなら安心だ」

アペリ・ティフは居心地悪そうに身体を動かした。それからおずおずと警戒しながらも近づいてきて、腰につけていた小袋を外し、ミトロフにつきだした。

「約束したお礼」

「きみは義理堅いな」

「ぎりがたい……？　約束したことを守るのは当然」

それはそうだが、とミトロフは目を細めた。

約束を破る人間もいる。だから契約書だ、公証人だと、約束を破らせない法がある。

ミトロフはアペリ・ティフが約束を守らずとも構わないと思っていた。期待していなかった、とも言える。だからこそ、本当に彼女が現れたことに驚いたのだ。

「……〝長《おさ》〟が、これなら価値があると言ったから、ミトロフにあげる。私が見つけたぶん」

ミトロフはアペリ・ティフから小袋を受け取った。石のように固く、重いものである。中身も気になるが、それよりも気になる言葉を耳にした。

「〝長〟？　きみたちには統率者がいるのか」

「……？」

ミトロフの小さな驚きは、アペリ・ティフには伝わらなかったらしい。

「きみたちは、何人くらいで暮らしているんだ？」

「……分からない。いっぱい」

いっぱい、とミトロフは繰り返した。

アペリ・ティフは〝迷宮の人々〟と呼ばれる、迷宮の住人であるようだ。そして他にも彼女が〝長〟と呼ぶ人間がいる。いっぱいの仲間がいる。

ミトロフが気付かぬだけで、迷宮には冒険者や魔物の他に、隠れ住んでいる人々がたしかに、それも大勢いるようだった。彼らは共同体を作り、地上とはまた別の規範によって生活をしているのだろう。

ミトロフは、ギルドで販売されている迷宮の地図を手に道を進んでいる。しかし現実を紙きれに落とし込むことはできない。

立ち入り禁止だとばかりに板の張られた横道もあるし、鉄柵で閉じられていたり、地図には描かれていないような抜け道もある。

また、魔物だけが知っている隠し道が各階を繋《つな》いでいるという噂はほとんど現実である。ミトロフも壁に隠された小道を発見した。トロルが使っていた隠し道も見た。

この迷宮のどこかで、地上に戻ることもなく人が暮らしている……そんなこともあり得るのだと思うと、ミトロフは不思議な気持ちになる。

少し前までは、屋敷の中、小さな社交界、そんな場所しか知らなかったのだ。世界は広い。まるで大空を見上げているように、自分のちっぽけさを思い知った。

「どんな暮らしなんだ、きみたちは？　魔物に脅かされてはいないか？　物資はどうやって手に入れているんだ？」

「ミトロフさま」

急に興奮した様子のミトロフを、カヌレがさっと宥《なだ》めた。アペリ・ティフが驚いた様子で身を引いていた。

「……すまない。好奇心を刺激されてな」

アペリ・ティフは首を傾《かし》げた。

「ミトロフは、私たちに興味がある……？」

「ああ。ある」

「難しいことは〝長〟じゃないと、分からない」

「そうか、そうだな。いつかその〝長〟に会う機会があればいいんだが」

「……変な人間？」

アペリ・ティフは小首を傾げた。頭上の獣耳がぱたりと揺れる。

「そうですね、少し変わってらっしゃるかもしれません」

とカヌレが代わりに頷《うなず》いた。

「でも良い人間なんですよ」

「ミトロフは良い人間。分かる。私を助けてくれた」

アペリ・ティフはミトロフに一歩近づき、その顔を見上げる。

「お礼、まだ足りない。また持ってくる」

「お礼はもう充分だ。これで」

右手に持った小袋の中身はまだ知れないが、アペリ・ティフがミトロフとの約束を守り、会いにきてくれたこと。それ自体にこそ価値があるように思える。物では得られない豊かさをもたらしてくれた、とミトロフは思っている。

けれどアペリ・ティフは首を横に振った。

「いのち、助けてくれた。傷、手当の道具をくれた。アペリ・ティフはまだ感謝を示す」

ミトロフの返事を待たず、アペリ・ティフは踵《きびす》を返した。通路の奥に歩いていく後ろ姿を、ふたりは見送った。

「……律儀な性格だ」

「〝迷宮の人々〟は恐ろしくて近寄り難いなどと聞きますが、やはり噂というのは当てにならないものですね」

「恐ろしい？」

「はい。迷宮で生活をするなど、地上に住む者には想像もできません。魔物をものともしない力を持っているのだとか、魔物と会話ができるとか、手懐《てなず》けているという話もあります」

なるほど、とミトロフは頷いた。

迷宮に潜っているミトロフにも想像が難しいことだ。地上からの視点ではますます理解できないだろう。無知は想像を育み、想像は誇大化する。

「少なくともアペリ・ティフは、恐ろしくて近寄り難い、ということはないな」

ミトロフは呟《つぶや》き、手に持った小袋を眺めた。麻の布で包み、余った生地を紐《ひも》で結んだだけのものだ。紐を解いて布を開くと、拳大ほどの石がある。

壁の灯《あか》りにかざしてみると、蒸留酒を固めたかのように黄色く、透き通っている。

「原石、でしょうか」

「どうだろう。これほど大きなものがあるとは思えないが……」

ミトロフは宝石に馴染《なじ》みがある。しかし磨かれて加工された美術品としての宝石は分かれど、鉱山から掘り出されたばかりという風の原石から、宝石の種別までを言い当てるのは難しい。

ミトロフは首を傾げてから石を包み直し、丁寧に紐で結んだ。

3

小盾の扱いにも慣れてくると、兎を相手にするのにも余裕が出てくる。小刀兎であれば、落ち着いて動きを見て、盾で防ぐ。剣角兎であれば壁を背に、冷静に避《よ》ける。

ガントレットよりは重く、俊敏には動きづらいが、安心感がある。身を守る壁を作れるというのは、戦いにおいてはかなり優位だと知った。

カヌレはミトロフよりも危うさがない。騎士をしていたと聞いた今、見ればなるほど、たしかにカヌレの動きは洗練されている、とミトロフは思う。

ギルドの講座でわずかなりにも盾をどう扱うかという知識を得たことで、カヌレの動きの一端を理解できるようになったこともあるだろう。

兎《と》にも角《かく》にも、ふたりは地下十階に充分、対応できるようになった。地図を頼りに着実に進み、道中に設置された小部屋に入った。そこは冒険者たちが作った小休止場だ。

廊下に区切るように煉瓦《れんが》を積み上げ、木の扉を嵌《は》め込んだものだ。好戦的な黄土猪《おうどいのしし》やトロルが徘《はい》徊《かい》している上階では頼りないが、兎だけの十階でならこれで充分に安全が確保できる。

中にはすでに三人組のパーティーが休んでいた。

ミトロフは彼らに手を上げて挨拶をする。友人のように振る舞う必要はなくとも、敵対する意思がないことを示すための友好さを見せることは重要だ。

武器を持っているのだから、否《いや》が応《おう》でも緊張感は生まれる。互いによく休むためには、最低限の譲り合いと尊重が必要である。カヌレが黒の外套《がいとう》とフードで足元から顔まで隠していることもあって、できるだけ警戒させせないために、ミトロフがその役目を担っていた。

ミトロフとカヌレは三人組のパーティーから距離を置いて腰を下ろした。通路の端には焦げ跡があり、壁には先人たちが暇潰しに彫ったのだろう落書きがある。そうした人の痕跡が、迷宮の中ではささやかな安心感に繋がる。

カヌレは手慣れた動きで道具を取り出し、お茶の準備をする。ミトロフは床に地図を広げ、さてこれからどうするかと顎を摘《つま》んだ。

「もうしばらく兎を相手にしてもいいが……」

盾があれば兎の相手は難しくない。もちろん油断はできないが、強敵ながら実入りの少ないトロルを相手にするよりは気が楽である。耳を集めていれば金も貯《た》まる。

「下に降りることをお考えですか？」

携帯コンロにケトルを載せて湯を沸かしながら、カヌレが訊いた。

「金がかかるとはいえ、大昇降機が使えるようになるのはありがたい。それに、兎ばかりを仕留めていては、〝昇華〟も遠くなるだろう」

ミトロフが悩む理由に、迷宮が冒険者にもたらす神秘である〝昇華〟があった。

「わたしはまだ〝昇華〟の経験はないのですが……ミトロフさまは一度、されたことがあるのでしたね」

「ああ。迷宮に入ってすぐ、コボルドを倒したときだ。あれ以来、ちっともそんな気配はないな」

「命を削るような戦いをすることで〝昇華〟するという話も聞きますが」

「あり得そうな話だ。だが、赤目のトロルとの戦いでも、ぼくらは〝昇華〟しなかったからな……」

コボルドでは良くて、赤目のトロルではダメな条件を、ミトロフは思いつかない。

「迷宮を探索する上で、〝昇華〟は欲しい。だが、どうすればいいのかが分からない。数を倒すべきなら、このまま金稼ぎも兼ねて留《とど》まる方が良いだろう。そうじゃないなら、さっさと進む方が良い」

ケトルから湯気が上がった。カヌレは熱い湯をカップに注ぐ。小さな金網を丸めた茶漉《ちゃこ》しに茶葉を詰め、カップの中で抽出する。ケトルの蓋を取り、カップに載せて蒸らす。次に蓋を開けると、カップから湧き立つのは紅茶の香りだ。

ミトロフにカップを渡しながら、カヌレが言う。

「僭越《せんえつ》ですが、まずは地下十一階に降りることを目指したほうがよろしいかと」

「ほう？」

ミトロフは熱い紅茶を口に含む。迷宮の中で、カヌレの淹《い》れてくれる紅茶は心を鎮めるのに欠かせない。

「わたしは、月末にはミトロフさまのお側《そば》を離れます。それまでに大昇降機を使えるようにしておくほうが、後々、ミトロフさまのためになるかと」

ミトロフは視線を落とした。

そうか、そうだな。それを考えなければいけない。

カヌレが去ってしまえば、ミトロフは単独で迷宮を探索することになる。盾を使えるようになったとはいえ、カヌレがいなければ兎の群れの相手は難しい。

荷物もひとりで背負わねばならないし、背後を警戒してくれる人もいない。

カヌレがいなくなれば、ここまで降りることすら難しくなるかもしれない。

彼女がいるうちに大昇降機を使えるようにする……〝羽印〟を手に入れる。そうすれば、カヌレの代わりを探すのにも都合がいい……。

打算的な思考は論理的な正解を導いている。ミトロフはそれを認めている。それでも気は重かった。

本来、下の階へと進むことは、成長と達成の証である。喜ばしいことのはずだった。

だが今となっては、カヌレがいなくなった後に備えるための行為でしかない。

ミトロフはまた、紅茶を飲む。熱い湯が舌を焼く。堪え、飲み込む。口内から鼻にかけて、軽やかな香りが抜けていく。

このまま、立ち止まっていたい。甘えにも似た感情がミトロフの胸にあった。

グラシエが村に戻り、カヌレもまた家に戻る。望んでいるものかどうかは知れずとも、それは彼女たちに課せられた生き方なのかもしれない。

では、ぼくの生き方は？

ミトロフは貴族の三男である。長男がつつがなく家を継ぐだろう。次男もまた健在だ。彼らは立派に貴族としての生き方を進めている。だが、三男ともなれば、役目も居場所もない。

高位貴族であれば、子に分ける領地もあれば、家同士を結ぶために嫁をもらい、あるいは婿に来てくれと声もかかろうが、バンサンカイ伯爵家は新興家であるために他の伯爵家と比べても家格が低い。

ミトロフが家にいても、行き場所も使い道もないのだ。

これで特筆すべき才能でもあれば身の立てようもあったろうが、食う寝るに専念していたミトロフといえば、堕落した貴族の子の手本のようであった。

唯一、剣の才だけは特筆すべきものもあったが、貴族が剣を持つのはすでに時代遅れであり、では決闘だ、と意気込む者は廃れて久しい。

迷宮で冒険者として剣を振ることで、ミトロフは水を得た魚となった。戦うことは、ミトロフ自身も予想外ながらも、自分に適した環境である。だがそれとて、いつまでも未来の広がる道ではないように思える。

出会った者はやがて、それぞれに定めた道、あるいは背負った者のために、迷宮から離れていく。ミトロフはひとり残り、貴族が捨てた決闘のためのレイピアを握って迷宮に潜り、冒険者を名乗って生きていく。日銭を稼ぎ、生活の向上を目指し、やがては美味いものを食って、広いベッドで寝る。

それこそが自分の望んだおおらかな人生であるようにも思えるが……。

答えも見えない考えに足が沈むような恐ろしさを感じて、ミトロフは首を振って切り上げた。

「そうだな、下を目指そう。まずは〝羽印〟をもらう」

「かしこまりました」

カヌレが何かを言いたげな沈黙を握った。しかしそのまま、何も言わず、荷物を片付け始める。

ミトロフもまた、何かを言うべきに思える。けれどかけるべき言葉を、ミトロフは知らない。貴族の男として淑女をどう扱うべきか、その方法は教えられたが、その全てが今に役立たないことだけが明白だった。

4

小刀兎を、ときに剣角兎を丁寧に狩りながら、ふたりは階下へ降りるために階段に向かっていた。階段に進む通路は途中で二手に分かれる。地図を確かめれば、片方の道の先には正方形の部屋があり、下方が三角形に伸びた盾の中に×を描き込んだ印があった。

「あっちは〝守護者〟の部屋か」

古代人の遺産とも呼ばれる迷宮には、現代人では理解も解明もできない不可思議な現象がいくつもある。そのうちのひとつが〝守護者〟と呼ぶ強力な魔物であった。

五階ごとに、迷宮はその様相を変える。ギルドはそれをひとつの階層と区分し、その象徴が〝守護者〟であるとしていた。

「この階層の〝守護者〟はどんな魔物なのでしょうね」

「さて……強敵なのは間違いないだろうが」

〝守護者〟は一般的な魔物とは比べものにならない性質と能力を持ち、不用意に踏み込めば容易《たやす》く死ぬ。ギルドはその扉を厳しく管理し、〝守護者〟への挑戦は予約制かつ、審査を通過した者だけに限定しているという。

グラシエから聞いた話を、ミトロフは思い出している。

五階……つまり第一階層の〝守護者〟を、ミトロフは見ていない。〝緋熊《ひぐま》〟と呼ばれるそれを倒したのは、同じく魔物である赤目のトロルだった。

あのトロルが武器の代わりに握っていたものが、〝緋熊〟の腕だった。その腕だけが、ミトロフの知る〝守護者〟の片鱗《へんりん》である。

「挑む気もなかったからな、〝守護者〟の情報は買っていないんだ」

「情報は買うものなのですか？」

カヌレの疑問にミトロフは手に持った地図を指で叩いた。

「迷宮に関する情報は有料なんだ。地図も値段によって精度が分けられているくらいだ」

ミトロフが買った地図には、載っていない横道や、封鎖された場所がある。いちど刷った地図を新しい発見があるたびに刷り直すには手間も金もかかる。安い地図には理由があるものだ。

「〝守護者〟の情報はとくに高い」

「そうした情報は広く共有すべきかと思いますが……生死に関わります」

「ぼくもそう思うが、ギルドは金儲《かねもう》けに余念がないらしい」

それに、とミトロフは肩をすくめた。

「〝守護者〟を倒さずとも階下には降りられるんだ。多くの冒険者は〝守護者〟を無視して先に進むだろう」

「わたしもそう思いますが……ミトロフさま、あちらを」

言って、カヌレは通路の先を指さした。奥には開けた空間があり、天井も一段と高くなっている。ここからでも〝守護者〟の部屋に繋がる扉が見えるのは、その周りだけ灯りが強く焚《た》いてあるからだった。

先ほどは閉まっていた扉が、今は開いている。〝守護者〟を討伐したらしい冒険者たちが出てきたところだった。

遠目に見てもミトロフはすぐに判別できた。

「ミケルたちじゃないか」

ミトロフが赤目のトロルと戦ったときに共闘した少年だった。年齢は変わらないが、ミケルは〝狼々ノ風《ろうろうのかぜ》〟のリーダーとして、それなりに名の知られた若手冒険者だ。

向こうもすぐにミトロフに気づいた。ミケルひとりが駆け足でやってくる。金属製の軽鎧《けいがい》に、大剣を背負っていながら、まるで重さを感じさせない軽い足取り。

「よお、ミトロフじゃん！　ついに十階をやってんだな！」

親しげな声掛けにほんの少しだけ戸惑いながら、ミトロフは頷く。

ミケルはミトロフにとって友だちである。しかしこの歳《とし》まで友だちなどいたことのなかったミトロフにとって、ミケルを相手にどう振る舞えばいいのか、いつもちょっとだけ悩むのである。

「あ、ああ。ようやく攻略できた。これから十一階に降りるところだ」

「なに改まってんだよ！」

ぱん、と肩を叩かれる。貴族同士ではあり得ない仕草。ミトロフは戸惑いながらも、ミケルの開けっ広げな態度が肩に詰まっていた緊張を解きほぐすのを感じた。

「……きみこそ、身体はもういいのか？　病み上がりに〝守護者〟に挑むなんて恐れ入る」

ミケルは赤目のトロルとの戦いで瓦礫《がれき》の崩落に巻き込まれ、両足を骨折する大怪我をしていた。

「レオナと施療院のおかげですっかり治った。寝てばっかで身体が鈍《なま》っちまってさ！　ここの〝守護者〟とはまだ戦ってなかったから、復帰戦にちょうどいいやと思って来たんだよ」

ミケルの後ろから仲間たちが近づいて来ている。大盾を背負ったドワーフの戦士に、緋色のローブを纏《まと》う小柄な魔法使いの少女、そして真白い神官服の女性。

「誰も傷を負った様子がないな。〝守護者〟相手に無傷か」

「まあな。今回は相性が良かった。それを知ってるから気軽に来れたんだけどさ」

三人がすぐそこまで来た。ミトロフは目礼する。ろくに会話をしたこともないが、先の戦いではずいぶんと世話になったこともあり、知り合いのように思っている。

ドワーフの盾戦士は軽く頷く。魔法使いの少女は視線を逸《そ》らす。神官の女性は、かすかに微笑《ほほえ》みを浮かべて会釈をしてくれた。

「そういや紹介してなかったっけ！　こっちのドワーフのおっさんはヴィアンド、こっちの魔法使いがソルベ、神官がレオナだ」

「三人とも、よろしく頼む。ぼくはミトロフだ。こっちはカヌレ」

ミトロフから一歩離れていたカヌレが会釈をした。全身を隠し、顔まで見えぬようにフードを被《かぶ》っている姿はいかにも事情があるという風で、だからミケルも言及はしない。

代わりに訊いたのはここにいないエルフの少女についてだった。

「もうひとりいたろ、あの変な喋《しゃべ》り方《かた》の」

「ああ、グラシエは所用でな。里帰りをしている」

「ははあん？」

とミケルは目を細め、ニヤリと笑った。ずいと距離を詰めるとミトロフと肩を組む。

小声である。

「怒らせたのか？　振られたか？　めちゃくちゃ美人だけど気が強そうだったもんな」

「怒らせてないし、振られてもいない。事情があるんだ」

「分かった、分かった。でも相談はいつでも聞いてやるからな。花屋とか紹介できるから、任せとけ」

「……なんだか手慣れてるな？」

「うしし」

と奇妙な笑い方を残して、ミケルは離れた。

「ま、あのエルフの弓使いがいても、お前らはここの〝守護者〟はやめといたほうがいいぜ」

あ、違うぞ、とミケルは早口で言葉を継いだ。

「お前らが弱いとかじゃなくて、相性の問題だ。弓とか細剣じゃ攻撃が通らねえんだよ、ここの〝守護者〟は」

「硬い、ということか」

「そゆこと。ソルベの魔法とヴィアンドの戦槌《せんつい》のおかげで苦戦はしなかったけど」

見ると、ヴィアンドの腰には片手用の戦槌が下げられていた。丸い槌頭と鋭い嘴《くちばし》を兼ね備えた鈍器である。

それと比べてしまえば、ミトロフのレイピアのなんと頼りないことだろう。魔物を相手にできる頑丈な重刺突剣ではあるが、戦槌や魔法ほどの破壊力はもちろんない。

「きみの大剣でも攻撃が通らないほどか？」

ミケルが背負う大剣は身の丈ばかりもあり、剣幅は片手を開いてやっと摑《つか》めるほどだ。ミトロフでは持つことも難しい重量があるだろう。そこまで至ればもはや鈍器も同じ衝撃があり、叩き潰すような斬り方になるはずだ。

ミケルは唇の端をニッと吊《つ》り上げた。

「おれは別だ」

それは誇るというよりも、揺るぎない自信だった。自信はときに他者を見下す臭いを放つ。だがミケルにはちっともそれがない。清々《すがすが》しいほどである。

「……きみが戦っているところを見てみたいものだな」

「お、じゃあ手合わせしようぜ？」

「いや、遠慮しておこう」

「えー、ちゃんと手加減するからさ」

ミトロフは唇の端をニッと吊り上げた。

「せっかく退院したんだ。また施療院送りにするのは申し訳ないからな」

ミケルはきょとんと目を丸くした。やがてその目は細められ、ついに大笑いした。

「言ってくれるじゃんか！」

ばんばん、とミケルはミトロフの肩を叩く。笑いすぎて目尻に浮かんだ涙を拭って、はあ、と深呼吸をした。

「ミトロフに追いつかれねえように、おれたちも探索を進めないとな。行こうぜ」

ミケルは後ろで待つ仲間たちに声をかけ、ミトロフの横を通り過ぎていく。

「なあ、ミケル。ひとつ訊いてもいいか？」

振り返って首を傾げるミケルに、ミトロフは問う。

「どうして〝守護者〟と戦ったんだ？　危険なばかりで、必要もなかったろう？」

「んなの決まってんだろ」

とミケルは笑う。それは遊ぶことが楽しくて仕方ない少年のようにも、危険に潜む刺激を渇望する戦士のようにも見えた。

「面白いから！　そんだけ！」

んじゃな、と手をあげ、ミケルたちは通路の奥へと進んでいった。

「……面白いから？　あいつは馬鹿なのか？」

ミトロフはぽかんとして言った。

その様子のおかしさに、カヌレが小さく笑った。

5

地下十一階へ続く階段を降りていく。

階段通路は薄暗く、壁掛けのランタンの灯りが届かない場所もある。九十九折《つづらおり》に降りていく階段は、時間も距離も感覚を曖昧にする。

階段の形状はどこの階でも同じだったが、これまでに比べても明らかに長い。息が詰まるような暗闇を深く降りていくと、視界の先が急に明るくなっていることに気づいた。

赤い光。

いや、そんな馬鹿な。と眉間に皺《しわ》が寄る。ここは地下だぞ、あり得ない。

それでも近づくほどに光は強くなる。迷宮の暗さに慣れていたために、ひどく眩《まぶ》しい。ミトロフは手のひらで光を遮りながらゆっくりと進んだ。

ミトロフは喧騒《けんそう》を耳にした。人の声、騒めく音。それは人の暮らしを象徴するものだ。

階段の突き当たり、壁にぽかりと開いただけの門をくぐる。

途端。

「……なんだ、ここは」

眩しさに目を細めながら、これは果たして幻か夢かと己の見る光景を疑う。

そこは広い……あまりに広い空間だった。地下でありながら天井は高く、そして明るい。ランタンの火の明かりではない。部屋の中は茜色《あかねいろ》に染まっている。

地下の空間でありながら光があることに、ミトロフは戸惑った。前後左右に視線を回す。目の前を冒険者たちが横切っていく。何人もの人がいる。

そこはさながら地上の商店通りのように露店が並び、冒険者たちが平然と買い物をしている。

視線を遠くへ向ければ、もちろん四方は壁に囲まれている。だが、その壁沿いに簡易ながらも家屋が並んでいる。それらは宿や飯、武器防具など、冒険者が必要とする店舗であるらしい。

「……迷宮の地下に、街があるのか」

「どうして明るいのでしょうか……まるで日暮れ前のようです」

ミトロフもカヌレも、呆然《ぼうぜん》としてその光景を眺めた。暗く長い穴道の下に、地上で見慣れた文明が想定外の規模で街を作っている。まるで白昼夢を見ているようだった。

「おい」

呼び声に顔を向けると、軽鎧の男が手招きをしている。それはギルドの衛兵であり、彼の背後には二階建ての建物があった。

「お前ら、羽なしだろう？　まずはここで手続きしな」

言われ、ふたりは素直に建物に向かった。中に入ると、地上のギルドと同じような光景が広がっている。カウンターがあり、待合の椅子があり、受付嬢が座っている。

広さも人員も、もちろん小規模である。だが地上と変わらない雰囲気がある。人の暮らしのにおいのようなものがある。

いまだに戸惑いを引き連れてカウンターに向かう。地上と同じ制服を着た受付嬢がミトロフたちに微笑んだ。

「どんなご用件でしょう？」

「あ、ああ……〝羽〟の印をもらいたいんだが」

「初めてのご到達ですね、おめでとうございます。ようこそ第三階層へ。ギルドカードをご提出いただけますか？」

ミトロフは懐を探り、銀板のギルドカードを差し出した。

「お預かりいたしますね。こちらで到達の証に日付と〝羽印〟の刻印をさせていただきます」

受付嬢はカウンターの横に置かれた工業用旋盤のような機械にカードを差し込んだ。取手をぐいと引き下げると、分厚い金属板が上下にガチンと噛《か》み合う。

はい、どうぞ、と差し戻されたギルドカードには、確かに日付と、垂直に立つ羽毛のような意匠が増えていた。

その呆気《あっけ》なさに拍子抜けしながら、ミトロフは受付嬢に訊いた。

「すまない。すでに訊かれ飽きているだろうが、ここはどうして明るいんだ？」

受付嬢は何百回と繰り返した答えを、揺るぎない微笑みで答える。

「この階層には〝迷宮光苔《ごけ》〟が群生しているんですよ。光苔は常に赤く発光しているんです。おかげで私たちはランタンを持ち歩かずに行動ができるというわけです」

「それは」

と、ミトロフは口籠った。

「それは——便利だ」

「ええ、とても便利です」

間の抜けた感想にも、受付嬢の微笑みは崩れない。

ミトロフは考えがまとまらない。迷宮の中に現れた街と、夕焼けの光の衝撃にまだ頭が追いついていないようだと、自分でも分かった。

ひとまず受付嬢に礼を言って、ミトロフはカヌレを連れて建物を出た。

ギルドの前に立って、真《ま》っ直《す》ぐにのびる夕暮れの街並みを眺める。地上の市場の一区画をそのまま持ってきたかのような光景である。

「迷宮の中にどうやって街を作ったんだろう？」

「持ってきたんだよ、大昇降機で」

ミトロフの呟きに、予想外にも返事が返ってくる。それは先ほど声をかけてくれたギルドの衛兵だった。壁に背を預け、紙巻きの煙草《たばこ》を咥《くわ》えている。

ミトロフとカヌレの視線が向かうと、男は退屈そうに白煙を吐き出した。鼻につく刺々《とげとげ》しい香りは、安物の葉を巻いたものに違いないとミトロフには分かる。

「進軍するには拠点が必要だろ？　金も手間も人員も割いて、ギルドは迷宮に橋頭堡《きょうとうほ》を作ってんだよ」

橋頭堡。その言葉がミトロフに違和感を想起させた。橋頭堡？

「ここまで潜ってこれたんなら、縦穴と大昇降機があんのは知ってるだろ。あれのおかげで、ほら」

衛兵は指でつまんだ煙草の先で、視界に広がる街をぐるりと囲ってみせた。

「地下へと続く巣穴の途中でも、物資が補給できるわけだ。感謝しろよ」

「……しかし金は取るんだろう？」

衛兵は軽やかに笑った。

「もちろん。地上の三割増しってところだ。良心的だろう？　まあ、深くなるほど値段も上がっていくけどな。だが、ここなら飯が食える。身体を洗える。ベッドで眠れる。装備を整えられる。だから冒険者は誰も文句は言わない。金を払う」

衛兵は煙草を深々と吸い込む。顎を上げて吹き出した煙は風もないままにゆらめきながらも、茜色のまだら模様に染まる天井に消えていった。

「ようこそ、新人。歓迎するぜ、ここから先は第三階層〝アペロ〟だ。せいぜい長生きして金を使え」

6

「わけは分からんが、飯は美味い」

ミトロフはテーブルの上に並んだ食事を端から胃袋に収めていく。どれも屋台で買ったものだが、地上の屋台やギルドの食堂で食べるものよりも味が良い。それは肉が新鮮であることや、香辛料がふんだんに使われているせいだろうとミトロフは感じる。

たしかに値段は割増しされているが、迷宮探索の途中で調理されたあたたかい食事を食べられるのであれば、冒険者は惜しまず払うだろう。

ふたりは通りの一画に並んだテーブルとベンチに腰を落ち着けていた。

多くの冒険者が、屋台で買った食事をテーブルに広げ、酒を飲み、声を上げて笑っている。それは地上の夕方の市場通りと見紛《みまが》うばかりの光景だった。

洞窟のような壁と天井とがなければ、迷宮の中だということを忘れそうになる。

そんな夕暮れの街並みに驚く気持ちも、屋台から香る肉の焼ける匂いの前には勝てなかった。魔物と戦ったあとは特に腹が空《す》くものである。ミトロフの身体が栄養を求めているのだ。

目についた屋台で端から順番に買い漁《あさ》ったために、四人掛けのテーブルは食い物でいっぱいになっていた。それがみるみるミトロフの口に吸い込まれてしまうのを、カヌレは眺めている。

「すごいですね……」

カヌレが感心したように吐息を漏らす。ミトロフは襟首に下げたナプキンで口を拭きながら頷いた。

「迷宮の中でこのような場所があるとは知らなかった。建物は新しい。ここ数年で作り上げられたものなのだろうな」

「いえ、ミトロフさまの食べっぷりがです」

「そうか？」

思い返すと、カヌレと共に食事をする機会はあまりなかった。カヌレ自身、呪われた身のために飲食が必要ない。それを知っているために、打ち上げに食堂へ行こう、と提案することもなかった。

探索の途中でカヌレが軽食を用意してくれることもあったが、ミトロフにとっては文字通りの軽いおやつ感覚だった。

「昨夜の夕食でもそうでしたが、ミトロフさまは健啖家《けんたんか》でいらしたのですね。これまでご用意していた軽食では物足りなくありませんでしたか」

「もっと食べたいとは思っていた。カヌレの作る食事は本当に美味《おい》しい」

ミトロフはしみじみと言った。

カヌレは優れた料理人であるというのがミトロフの認識だった。

最初のころはギルドで販売されている携帯食を加工した料理が主軸だったが、やがて市場で乾物や野菜などを見繕うようになった。

迷宮の中、探索の小休止には、携帯コンロと小さな鍋やフライパン、限られた調味料で素朴ながらも食欲をそそる料理を作る。

「……あ、ありがとう、ございます」

カヌレは言葉に詰まるように答える。それは日頃の落ち着いた所作とは対照的に、幼い純朴さを滲《にじ》ませている。

カヌレの正確な年齢を、ミトロフは知らない。初めて出会ったときには慌てふためいていて、年下の少女のような印象を受けたが、最近のカヌレにはまるで淑女のように落ち着きがある。

「きみは騎士の家系だろうに、料理ができるんだな」

料理とは立派な技術のひとつだ。市民の多くは家で調理をしない。調味料を揃《そろ》えるにも、毎日炊事をする燃料にも、準備や片付けにも、とにかく金と時間と手間がかかる。屋台や食堂で食うほうが安くて味も良い。

カヌレはどこか恥じ入るように身体を小さくして、フード越しに分かるほど顔を下げた。

「……わたしは、剣よりも料理が好きだったのです。幼いころのわたしは好き嫌いが激しく、ろくに食事をしない子どもでした。当家の料理人の食事は、父や兄たちの……激しく身体を動かす者のための濃い味付けで、わたしの口に合わなかったのです。見かねた乳母がたくさんの料理を作ってくれました。どうにかわたしが食事をするように、と」

乳母か、とミトロフは頷いた。

貴族の家では、母が子をつきっきりで育てるということはない。日に一時間と顔を合わせないこともあるほどだ。乳母が母親代わりであり、ミトロフにも懐かしい思い出がいくつかある。

「やがて騎士としての訓練が始まると、わたしはよく泣いたものです。家族は厳しく、使用人たちは遠巻きにするだけで……あの人だけが、優しくしてくれたのです。あの人が用意してくれた料理を食べると、いつも心が温かくなった」

在りし日のことを思い出すカヌレの口調は柔らかく、そしてどこか寂しげだ。

「わたしがお願いすると、料理の作り方をいつもこっそりと教えてくれました。わたしは剣よりも、包丁を握っているときのほうが楽しかったのです」

ミトロフは目を細めた。自分の胸に浮かんだ感情の色の名を、ミトロフは知っている。羨望だ。

「きみは自分のやりたいことを知っているんだな」

「ミトロフさまにもございますか？」

カヌレの質問に、ミトロフは答えられなかった。

やりたいこと？

それは、もちろん冒険だ。迷宮を探索するのだ――本当に？

自問には自答がない。分からない。

ミトロフが迷宮に潜っているのは、父に家を追い出されたからだ。

再会した父が戻ってもいいと言ったとき、それを断ったのはグラシエを助けたかったからだ。

そしてまだ、ミトロフは迷宮に潜っている。金を稼ぐために。生きるためには金が必要だから。

けれど、金を稼ぐことは、やりたいことというわけではない。

カヌレの質問は単純だ。

けれどミトロフは、自分の中に単純な答えを見つけられなかった。

幼い日から、ミトロフは何事もやらされてきた。家庭教師に指導され、父に言い付けられ、期待に応えて認めてもらうために、取り組んできた。その全てが、何の成果にも繋がらなかった。

「……分からないな」

とミトロフは答えた。

「恥ずかしいことだが、ぼくは自分のやりたいことを知らないんだ」

カヌレは首を横に振る。

「恥ずかしいことではありません。いつか探している言葉が見つかるのだと思います。単純な言葉が」

詩のようなカヌレの口ぶりに、ミトロフは目を瞬かせた。力を抜くように笑う。

「そうだと、ぼくも嬉《うれ》しいな」

「はい。間違いありません」

カヌレも笑う。何の根拠もなくとも、誰かに肯定されることで落ち着く心持ちというのがあるらしいと、ミトロフは知った。

そして料理好きなカヌレが、騎士として役目を期待されてきたこと。呪いを受けたことで逃げてきた今もまた、家の事情のために連れ戻されることに、ミトロフはただ寂しさを抱く。

貴族は、家という大きな生き物を育むために、個を犠牲にする。それが役目でもあり、義務でもあり、宿命であるのかもしれない。

その生き方は、自分の生き死にすら時の運に任せるような冒険者とは対極にあるようにミトロフには思われた。

7

食事を済ませると、ふたりは迷宮の中の街を抜けた。本格的に探索をするには準備も情報も足りていない。〝羽印〟をもらうという目的は達成できたので、ここで地上に引き返すべきだろうというのはふたりの合意である。

だが目的がもうひとつあった。

大昇降機だ。

煙草を咥えた衛兵に訊《たず》ねてみると、大昇降機は街を抜けた先にあるという。その区画までは安全が保障されているというので、見学に向かうことにした。

街並みを抜けると、凸凹のある削り出しの壁に、城砦《じようさい》のような木製の関所が据えられている。門扉は開かれているが、衛兵がふたり立っている。行くも帰るも、通る者をチェックしているようだった。

ミトロフとカヌレは並んでいた冒険者たちの最後尾に立つ。それほど厳重な審査もないようで、列はすぐに進んでいった。

「ふたりか？　カードを見せてくれ」

初老の衛兵が言う。

ミトロフがカードを出すと、さっと目を通すだけだった。

気怠《けだる》げに返されたカードを懐に戻しながら、ミトロフが口を開く。

「どうしてここに関所があるんだ？」

「……ああ、そうか、ここを通るのは初めてか」

初老の衛兵はチッ、と隙間の空いた歯を鳴らした。苛立《いらだ》つほど職務に対して気負っているようには見えず、話し方にも立ち姿にも力がない。ただの癖のようだ。

「この先には大昇降機がある。上から来るやつもいれば、出ていくやつもいる。一応は確認しないとな」

「必要があるのか？」

「必要だって？　知るかよ」

チッ、と歯が鳴る。

「やれと言われたことをやる。これがおれの仕事だ。金さえもらえりゃ、自分の仕事に必要があるのかなんて誰も気にしない。だろ？」

ほら、行け、と。手で追い払われ、ミトロフとカヌレは門を抜けた。

「誰も気にしない、か」

そういうものだろうか、とミトロフは顎肉を撫《な》でた。金さえもらえれば、人は自分の行いの意味すら、考えないのだろうか。それが生活をすること……生きることなのか、ミトロフには分からなかった。

門を抜けるとすぐに円形の広場となっている。ここもまた茜色の光にあふれている。眩しいほどに明るい空を見上げると、不自然に色合いが変わっている場所がある。あそこが天井だ。

門から真っ直ぐ歩いた先は垂直の壁である。しかし穴が空いている。馬車が通れるほどの高さに、横幅では馬車三台程度。地面にはレールが敷かれており、可動式の鉄柵が今は固く閉ざされていた。衛兵がひとり、柵の前に立っている。

衛兵と向き合うように十人ばかりが列を作っている。冒険者が大半だが、ふたりほど、大荷物を脇に置いた商人らしい姿もあった。

「……どうして、荷物が大きいのでしょう？」

ふとカヌレが言った。

質問の意図が分からず、ミトロフは首を傾げる。

「いえ、すみません。些細《ささい》な疑問なのですが……冒険者が荷物を多くして帰る理由は分かります。ですが商人であれば、ここで何かを売るために、地上から荷物を持ってくるはずで」

「商人が迷宮から帰る際に荷物が多くなるのは不自然だ、ということか」

「何か理由があるのでしょうが、ふと気になってしまいました」

カヌレの言うことはたしかにもっともである。目を向ければ、ミトロフも気になってしまう。

商人のひとりに至っては、厚地の背負い鞄《かばん》が膨れ上がるほどの荷物である。

商人が迷宮から何を持って帰るのか？

悩んでみても謎かけには答えが見つからない。ひとつ訊いてみようか、とミトロフが足を動かしかけたとき、

――かん、かん、かん、かん……。

壁に据え付けられたくすんだ金色の鐘の音が突然に響いた。一定のリズムで繰り返されるその音に、ミトロフとカヌレは周囲を確認する。

ごごご、と腹の底を叩くような地響きが遠くに聞こえる。その音は次第に大きくなっていく。

「――っ」

ミトロフの口から感嘆の吐息が漏れた。

轟音《ごうおん》を引き連れながら、壁の穴の中を巨大な箱が下降していった。過ぎ去ってすぐ、穴から風が吹き出し、並んだ冒険者たちの髪を煽《あお》った。

「……凄《すご》いものだ。あんなものが地下と地上を繋いでいるのか」

ミトロフの呆然とした呟きに、カヌレもこくこくと頷いた。

穴には今、太い鉄の鎖輪が数本垂れて動き続けている。あの鎖輪によって大昇降機は動いているのだろう、とミトロフは推測する。

だが、それをどうやって動かしているのかが、ミトロフにはちっとも分からない。最上階に馬が数十頭といるのだろうか。

あるいは魔法？　それとも、これこそが〝迷宮の遺物〟と呼ばれる不可思議な技術なのか。十階の小部屋で話した冒険者たちは、これを天才発明家が作ったと言っていた。

どれが正しいにせよ、ミトロフは背中が痺《しび》れるような興奮を感じていた。

これほどまでに大掛かりに動く仕掛けを、ミトロフは初めて見た。先ほど落ちるように降《くだ》っていった箱に人や荷物を載せ、あっという間に移動できるという。

何時間とかけて魔物と戦いながらここまでやってくる必要がなくなり、帰りも安全であり、持ち帰る荷物を気にする必要もない。

迷宮探索をあらゆる点で効率化させてくれる、魔法の乗り物だ。

「――乗りたい」

ミトロフの胸の底にある少年の好奇心が大いに刺激されている。巨大な構造物というだけで興味深い。あの箱の中はどんな感覚なのか、穴から一瞬で地上に戻るとどんな気持ちになるのか。

確かめたい……。

ミトロフはふっくらと丸い頬を紅潮させ、あたりを見回した。広場の端に小屋がある。看板には切符らしき絵が描かれている。

「ミトロフさま?」

ミトロフはカヌレをその場に置いて駆け出した。息も絶え絶えに小屋に飛び込むと、小さなカウンターに中年の女性がひとり、退屈そうに座っていた。

「大昇降機はいくらかかる!?」

ミトロフの勢いに目を丸くしながら、女性は少し身を引いた。

「下? 上? 下に行くには各階層の〝印〟がないと発行できないよ」

「地上に戻るのは、いくらだ?」

ミトロフは呼吸を落ち着ける。

「人数と荷物の量によるけど――」

と、提示された金額に、ミトロフは途端、難しい顔になった。

「……そうか、分かった。ありがとう」

腕を組み、ううむ、と唸《うな》りながら小屋を出る。カヌレがそこで待っていた。

「どうでしたか？」

「……高い」

ミトロフの口ぶりに、カヌレはおおよそを把握した。

「それは、残念でしたね」

「乗れないことはない。だが、乗って帰れば稼ぎは赤字になってしまう」

あの大昇降機に乗りたい気持ちはある。しかし一日分の稼ぎを使ってまで乗るべき理由はない。

以前のミトロフであれば、好奇心という大いなる衝動に突き動かされて即決で切符を買っていただろう。

しかし収入も支出も自分で責任を取る立場になっている。帳簿をつけたことで、ミトロフの頭にはこれまで考えもしなかった「資産管理」という言葉が芽生えていた。

先日には剣を手入れし、新しく小盾を購入した。どちらも必要な経費に違いないが、それとて安い金額ではない。金は計画的に使わねばならない。

今、大昇降機に乗ることは必要だろうか？

「……カヌレ、無念だが、歩いて帰ろう。すごく無念だが」

ミトロフは分かりやすいほどしょんぼりと歩きだした。丸まった背を前に、カヌレは口元を隠して微笑を堪えた。

「歩くのは良い運動になりますよ、ミトロフさま」

声をかけ、カヌレはその背中についていく。

勇ましくトロルと戦い、迷宮で見つけた魔術書をグラシエのために差し出し、家に戻る機会も捨て、貴族の出でありながら今では大昇降機に乗る金額に肩を落とす。

そうしたミトロフの人間性に、カヌレは驚きと微笑ましさを感じている。

もし自分がこんな姿にならなければ、迷宮に訪れることもなく、ミトロフと出会うこともなかっただろう。先行きも見えず、頼れる人もなく飛び込んだ冒険者という生活で、ミトロフと出会えたことは幸運でしかなかった。

この時間を、あの景色を、その背中を、いつまでも忘れないでいられたらいいのに、とカヌレは思う。

そうすればきっと、家に戻ったとしても、暖かな思い出を抱いて生きていけるだろう、と。

第四幕　太っちょ貴族は対話する

1

なんだってこんな大浴場を作ったのだろう、とミトロフは思った。

迷宮帰りに風呂に入ることは、今では欠かせない習慣になっていた。ミトロフはこの歳《とし》まで貴族として生きてきたが、熱い湯に浸《つ》かるという経験はほとんど記憶にない。大量の湯を沸かして毎日のように風呂に浸かる、というのは手間も金もかかるし、そもそも習慣がない。

この辺りの気候は乾燥地で、空気はいつもさらさらとしている。汗でベタつくということもないし、運動をして汗をかいたら水浴びをするのが通例だ。

週に二、三度、あるいは行事の前には、もちろん入浴をする。

だが一般的に入浴とは蒸気と薬草で満たした石作りの小部屋で汗をかき、垢《あか》を擦《こす》ってから水を浴びるというもので、こうして全身を湯に沈めるという入浴は、いまだに貴族には馴染《なじ》みがないものだ。

しかしこれは蒸し風呂よりもずっといい、とミトロフはすっかり気に入っていた。

隣に男がふたり、ざばんと身体《からだ》を沈めた。筋肉で引き締まった身体はよく日に焼けている。

「ああ、たまんねえな！　仕事終わりは熱い湯に入らねえと疲れがとれねえからよ」

「汗も流せて助かるしな。おれは気にしねえけどよ、母ちゃんが行けってうるせえんだ」

「うちもだよ、風呂に入らずに帰りゃ、臭えだの服が汚れるだの言われ放題だ。ま、今じゃ頼まれなくたって来るんだけどな」

「違いねえ」

だはは、と笑い声を上げながら、男たちは湯の中を進んでいった。

なるほど、とミトロフは頷《うなず》く。

肉体労働者や冒険者となれば、大量に汗もかくし汚れもする。市民のほうが入浴に慣れ親しむのが早い。そして一度でもこの心地よさを知れば、あとは自然と通うことになる。それはミトロフも身をもって知っている。

大勢の市民に受け入れられることを見越して、風呂好きの王はここまで大きな浴場を作った、ということか。

「王の先見性は恐ろしいな」

「なんだ、今日は政治の話か？」

ミトロフの横にどぷ、っと大波を立てたのは、突き出た鼻筋も凛々《りり》しい獅子《しし》頭の大男だった。湯屋の常連であり、いつ来ても出くわす主のような彼とも、だいぶ顔馴染みになってきた。

今日も今日とて、高い位置にある顔をミトロフは見上げる。

「いや、この湯屋を作った王というのは、実に民のことを理解しているのだと思ってな」

「ほう？　道楽と占い好きの無能王などと嘯《うそぶ》く者もいると聞くぞ」

「不敬罪を恐れないのか、あなたは」

ミトロフは呆《あき》れたように眉をしかめた。

大っぴらに王政を批判することは禁忌である。場合によっては牢《ろう》に放り込まれ、棒打ちの刑だ。

しかし獅子頭の男は喉を鳴らして笑う。

「なに、風呂では無礼講よ。それに事実は事実。若くして王位を継いでから、星占いのために天文台を作り、王宮では夜毎《よごと》に楽団の音楽が鳴り響き、天井という天井に絵を描かせる。文化奨励は結構だが、反発する貴族も多いと聞く」

「……あなたは耳が良いのだな」

ミトロフは感心した。と、同時に、やはり只者《ただもの》ではあるまい、と得心する。

以前、ミトロフはこの獅子頭の男に〝知り合い〟を紹介してもらった。その知り合いは道楽で〝迷宮の遺物〟を集めていたが、会ってみれば明らかに貴族の風体だった。

本人が身分を名乗らず、あくまでも個人の趣味として取引をしたいという様子であったから、ミトロフも探ることはなかった。

貴族と個人的な繋《つな》がりがあり、王都での権力に関わる気配を見ることができるのであれば、ただの冒険者にしては器が大きすぎるというものだ。

男は正面を向いたまま、黄金の瞳だけをぎょろりと動かし、ミトロフを見下ろした。ニッ、と牙を見せるように笑う。

「困ったときに頼れる相手は多いほうがいい。そうやって縁を繋げていくと、自《おの》ずと〝噂《うわさ》〟が集まるようになる」

「……勉強になる」

ミトロフには高嶺《たかね》の花である。貴族として生きていく上では、その関係の網を広げていくことが必須の能力だったろう。だが、ミトロフは貴族の子息の集まりですら上手《うま》く関係を作れなかった。

「繋がりの糸を見つけたときは大事にするといい。思わぬところで身を救うことがある。自分だけの狭い見識だけでは分からぬことも上手くいかぬこともあるが、頼れる知己がいるだけでずいぶんとマシになるしな」

さらりとした物言いだが、それはミトロフには金言のように思われた。

「……狭い見識。それは、たしかにそうだ。迷宮のことを、ぼくは何も知らない」

湯を手に取り、ばしゃりと顔に叩《たた》く。

「今日も迷宮でいろんなことがあったよ。大昇降機を見た。あれがどうやって動いているのかも知らないし、知り合いに石をもらったんだが、あれが何かもよく分からない。迷宮というのは本当に、退屈しない場所だな」

「ほう、石か。どんな石だ？」

獅子頭の男は、不思議議と石のくだりにだけ興味を示した。

「どんな石かと言われてもな……何かの原石のようだった。透き通った黄色のような不思議な色味で……」

「おい、それはギルドの職員に見せていないだろうな？」

突然、男は声量を落とした。

「あ、ああ。受付嬢に確認しようと思っていたんだが、大昇降機を見た衝撃ですっかり忘れていた」

通常、迷宮内で取得したものはすべて報告する義務がある。それを怠れば厳しい罰則が与えられる。初めて迷宮に入る前に、受付嬢に何度も言い含められたことだ。

「……他人からもらい受けたものも報告しないとまずいのか？」

「通常は問題ない。だがその石は問題かもしれん」

「石が問題？　あれは宝石かなにかか？」

ミトロフは首を傾《かし》げた。

「それよりも話は複雑になる……知り合い、と言ったな。その石をよこしたのはどんな身分の者だ？」

男の獣顔にふざけた様子はない。ごく真面目に、真剣な話としてそれを訊《たず》ねているとミトロフにも分かる。

「……〝迷宮の人々〟だ。困っているところを助ける機会があってな、その礼だと」

「困ったことになるな」

男はそっけなく答え、太い腕を組んだ。

どこかで男たちの豪快な笑い声がしている。湯気の立ち込めるほの暗い湯屋の中で、わんわんと響いている。

「これは噂にすぎない。俺も真実かは確かめていない」

と前置きをして、獅子頭の男はミトロフを見下ろした。

「その石は、おそらくは〝アンバール〟と呼ばれるものだろう」

「〝アンバール〟？　初めて聞く名前だ」

「そうだろうさ、名付けられて日が浅い。〝アンバール〟は迷宮で発見されたばかりだ」

「そんな貴重なものを、どうして持っていたのだろう」

ミトロフは独り言のように呟《つぶや》いた。自分に石を渡したとき、アペリ・ティフはその価値を知っているようには見えなかった。

「ギルドは〝アンバール〟の採掘に、〝迷宮の人々〟を利用しているという」

「……ほう？」

「ギルドはできるだけその存在を知られたくないのだよ。もし民衆に知られれば、大ごとになる。あれは人の心を惑わすものだからな」

獅子頭の男は物憂げにため息をついた。

「ギルドが大っぴらに迷宮で穴を掘り始めれば、騒ぎも疑念も呼び起こす。そもそも闇雲に穴を開けて探すのも効率が悪い。どこに〝アンバール〟が埋まっているのかを見つけるのが難題なのだ。それも、できるだけ他人には知られないように」

その真剣な話しぶりに、ミトロフはごくりと唾を呑《の》んだ。

「ときおり見つかる魔物の通り道や、壁の崩れた横穴を掘り進んだ先……そうした場所に住んでいるのが〝迷宮の人々〟と呼ばれるならず者たちだ。彼らが見つけた〝アンバール〟をギルドが内密に買い上げているか、あるいは仕事として任せているのかもしれんな。俺の推測に過ぎんが」

ふと、ミトロフの記憶に思い起こすものがある。

かつて迷宮に入って間もないころ、ミトロフとグラシエは浅階で横穴を見つけた。その後に通ったとき、穴はギルドの衛兵が守っていた。それに横道を見つけたことで、ギルドから報酬もあった。

ただの横穴を見つけたにしてはずいぶんと大仰なことだ、とわずかに違和感があった。

それは、その横穴で〝アンバール〟とやらが見つかるかどうかを懸念したための備えだったのかもしれない。あの横穴は今も封鎖されているままだ。

「……ううむ、では〝迷宮の人々〟はギルドと契約し、仕事として迷宮に住んでいる可能性もあるということか」

「さて、どうだろうな」

と、獅子頭の男は言って、ざばっと湯を乱して立ち上がった。

「気をつけろ。〝アンバール〟を持っているなどと知られれば、夜道も落ち着いて歩けなくなるぞ」

言われて、ミトロフの顔から血の気が引いた。

鼻で笑える冗談のようにも聞こえるが、そもそも貴族には暗殺や謀殺が付き物である。家督争いの際に何故《なぜ》か病死や事故死が起きるのは周知の事実である。ミトロフにとって、暗殺や襲撃という言葉は冷たい実感を伴っている。

「待ってくれ、まだ訊《き》いていない……！　〝アンバール〟とは何なんだ!?　宝石なのか!?」

さっさと湯を上がっていた男の背に呼びかける。男は肩越しに顔だけを振り向かせて、豪気に笑った。

「さてな。自分で調べてみろ。良い経験になる」

言い残して、獅子頭の男は湯煙の向こうに歩いて行った。男はいつも長湯である。場内の別の浴槽に浸かりに行っただけとミトロフには分かっている。

けれどああまですっぱりと答えられてしまっては、あとを追い縋《すが》って訊ねるようなことはできない。

アペリ・ティフがくれた〝アンバール〟が何なのか。散々、危険なものだと脅しておいて、肝心なところは教えずに男は去ってしまった。

ミトロフはどぽんと肩まで湯に浸かった。正体の分からない石と、〝アンバール〟という名前。そして謎だけが手元にある。

ミトロフは腕を組み、喉を鳴らすように唸《うな》った。それはどこか獅子頭の男にも似ていて。

どこかで男たちが、どっと笑い声を上げている。

2

風呂からの帰りに、ミトロフは夜市場に足を向けた。

考えごとに専心するあまり、長湯が過ぎた。夜の涼やかな風に当たりながら、少し散歩がしたくなった。

建物の間には何本もの紐《ひも》が張られている。そこにランタンや飾り布、たまに洗濯物が干されている。

通りはあまり広くもないが、肩を寄せ合うように屋台が立ち並び、屋台を持たない商人は地べたに布と商品を広げている。

肉や魚を焼く匂いと煙が絶え間なく、木箱に山盛りにされた乾物や野菜、フルーツなどは選びきれないほど数が多い。

そうした売り物は昼間とそう変わらないが、夜には酒を売る屋台が多くなる。酒の詰まった大きな木樽《きだる》があちこちにでんと構えられ、ひっきりなしに注がれては客に渡されていくのだ。

歩きながら飲む者もいれば、通りの端に腰を下ろしたり、どこからか引っ張り出された椅子やテーブルで酒盛りをしている人間もいる。

ミトロフが初めてこの光景を見たときには祭日なのかと思ったものだが、今ではすっかり見慣れた光景である。ここは毎夜お祭り騒ぎなのだ。酒を飲み、肉を食い、誰かが楽器を持ち出せば朝まで踊って歌う。

そうした暮らしの明るさは豊かさのようでもあり、ともすれば背後に迫った影に肩を摑《つか》まれてしまう不安から逃れるためであるようにも思えた。

迷宮は街を豊かにしている。産出物は貿易の品となり、加工の素材となり、食料となる。資源を生み出す迷宮は仕事と金を産んでいる。ここ数年で街はどんどんと豊かになりつつあるが、過剰な変化は街に歪《ひず》みと格差を生み出すきっかけにもなっていた。

ミトロフがふと顔を向ける。建物との隙間にある細道に、痩せこけた子どもたちの姿が見える。

彼らの姿に目もくれず、酒と肉串を手にした男たちが笑いながら通り過ぎていく。

迷宮が発見された街は豊かになる。その豊かさの灯《あか》りに惹《ひ》かれ、人々は蛾《が》のように集まる。やがて街は坩堝《るつぼ》となり、そこには光も影も、豊かさも貧しさも、幸も不幸も入り混じる。

子どもたちと視線が合った。ひどく暗い目で、彼らはミトロフを見返している。

その視線を摑みきれず、ミトロフはふっと前を向いた。

ミトロフは貴族として生まれた。

家に困らず、食うに困らず、学びに困らなかった。自分の生き方に悩むことすら、おそらくは贅《ぜい》沢《たく》だ。

今では冒険者となり、安寧な生活とは言えないが、その生き方の根底を支えているのもまた、貴族として生きた時間に培った経験である。

剣の扱い方を学んだから、魔物と戦える。

文字を学んだから、迷宮の情報を調べられる。

百般の勉学に時間を費やしたから、深く考えることができる。

今までは、その人生があまりに虚《むな》しいものに思えていた。使うあてもない知識、認められない剣術、誰にも求められない自分という存在の価値。

家を追い出され、冒険者となったミトロフの世界は広がりつつあった。この世には種々様々な人々がいる。その数だけ、人生がある。

誰もが安寧ではない。悩みがあり、事情があり、苦しみがあり、足掻《あが》きながら生きている。

今の自分とは別の人生であれば、もっと楽だろうに……。

かつてそう考えた自分は、おそらくは間違っていた。

そんな気がしている。

「街で鎧《よろい》なんざ着てんじゃねえよ、邪魔だなあ！」

ふとミトロフの前方で男が騒いでいる。

顔を上げれば、人混みの流れが変わっている。争いごとの空気を避けようと、人の波が端に寄っているのだ。

先詰まりの人の背にミトロフも足を緩めれば、並んだ人の頭の隙間から騒動の中心が見える。

騎士、である。

その鎧と兜《かぶと》に見覚えがある。

「ふむ、これは失敬した。この料理が物珍しくてな」

「騎士のほうが物珍しいだろ！」

と、もっともなことを言い捨てて、赤ら顔の男は騎士を避け、人混みに肩を割り込ませた。

人々は屋台の前に立つ騎士を遠巻きに歩いていく。

夜市には冒険者風の人間も多く見られるが、剣を下げてはいても、鎧まで着ている者はいない。

そんな中で甲冑《かっちゅう》の肩に装飾も美しい外套《がいとう》を掛けていては、近寄り難いのも当然だった。腰には剣もあり、赤い飾り紐が垂れている。

「店主、これで一人前もらえるか」

「ひえ……旦那、すみませんが、銀貨をいただいても釣りの用意が、あの」

「しかしこれ以下の手持ちがない。釣りは結構だ」

「そんな恐れ多いことはできません！　騎士さまから銀貨をいただくなんてことは！　お代はいりやせん、どうぞお好きなだけお持ちください！」

「む……いや、そうはいかんだろう。すまないが、誰か両替を頼めないか。両替商の居場所を教えてくれてもいい」

と、騎士が兜顔を周囲に向けるが、もちろん誰も名乗りは出ない。夜市にいる騎士鎧など明らかに身分違いも甚だしく、快く親切にしようと考える人間などいない。

「……」

助けもなく、無言で屋台に並んだ料理を見つめる銀色の兜に、ミトロフは哀愁を見た気がした。

それでも一度は人の波に紛れてこっそりと通り過ぎたが、ふと立ち止まり、ぶひ……と鼻を鳴らした。

踵《きびす》を返して騎士の元へ向かう。

「店主、ぼくが払おう」

「貴公は……」

鎧の中で声が反響している。わずかに驚いた様子であるが、ミトロフは顔も向けない。助かった、という表情の店主に代金を渡し、商品をもらう。そのまま騎士に差し出した。

こんな鎧姿を見間違えるわけもない。迷宮で出会ったカヌレの兄である。

「どうぞ」

と言えば、騎士はミトロフと料理を見比べ、「すまない」と受け取った。

「両替商を見つけ次第、金を返そう」

「いえ、金は結構。いつもカヌレに世話になっている」

理由としては苦しいが、金を返してもらうまで騎士と行動をともにするのも気まずい。小銭を惜しむよりもこの場を離れたかった。

「では、ぼくはこれで」

と踵を返してさっさと歩き出そうとするが、それよりも早く肩に手を置かれた。

「ところで、ここはどこか教えてもらえないか。宿への帰り道が分からなくてね」

ミトロフはゆっくりと振り返る。泣き出しそうにも、呆れたようにも、落胆したようにも見える、複雑な表情だった。

3

「君のような人間と出会えたのは、妹には僥倖《ぎょうこう》だったな。あれは昔から生真面目でね、このような雑多な街で生活するには苦労も多いだろう」

どうしてぼくは、白銀の騎士と一緒にいるんだろう。とミトロフはしみじみと考えた。

どこぞの邸宅の食卓を囲んでいるのであればまだ納得もできたが、ふたりは市場の通りから外れた道端の段差に並んで腰を下ろしている。

ワインの入った木彫りのカップを片手に、膝を抱えて座る鎧騎士の姿はよく目立つ。人々はぎょっと目を丸くして、関わってなるものかとばかりに足早に通り過ぎていく。

そんな姿が見えていないのか、あるいは意図的に無視しているのか、騎士は平然とした態度でミトロフに語りかけている。

「人には生まれ持った役目というものがある。王は王になり、騎士は騎士になり、貴族は貴族になり、大工は大工になる。私が望んでも葡萄酒《ぶどうしゅ》を作れないように、望んでも騎士になれない者もいる」

言って、騎士はワインを飲む。もちろん兜は外していない。懐から出した細長い金属の管を兜の隙間に通し、それで吸うように飲んでいるのだ。ちゅうう、という気の抜ける音が聞こえる。

それを隣に、ミトロフもワインを飲む。屋台で安価で売られているのだから期待はしていなかったが、それにしたってあまりに味が悪い。

冒険者としての生活にも慣れてきたが、ワインの質の悪さにだけはいつまでも慣れそうにない。質の悪いワインでは、現実逃避は難しい。

「しかし、屋台の飯というのは美味《うま》いな。香辛料がよく効いている」

小さなナイフで切り分けた肉を、騎士は器用に兜の中に差し込んでいる。

連れて歩くうちに、騎士はふと気になった料理に寄っていき、銀貨で買おうとする。その度に店主が困った顔をして、周りの客は遠のく。仕方なくミトロフが払い、いつの間にやら両手がいっぱいになり、こうして道端に座って食事をすることになってしまった。

自分の軽率な行いに後悔はしつつも、たしかに屋台の飯は美味い、とミトロフは頷く。

味付けは単純だが、素材が新鮮で味が濃い。騎士や冒険者のような肉体労働者や、酒飲みに好まれる味付けだ。

「実は私も、こうした街での暮らしに憧れたことがある」

と、急に騎士が言う。

「若さは人を愚かにする。私も家を出て、街で暮らそうとしたことがあった。そこに自分の本当の人生があるような気がしてね」

「愚かさを悪いことのように言うんだな」

「愚かでなければできぬことはある。だが、いつまでも愚かであってはならない。あれはあれで良い経験になった。あの子も、今回のことは学びになるだろう」

串焼きが兜の中に入る。出てきたときには先端の肉が消えている。まるで奇術のように、騎士は肉を食べていく。

「……カヌレの意思はどうなる？」

ミトロフが訊ねる。騎士は一拍を置いて、ああ、と思い当たったように頷いた。

「いまだにその名前には慣れないな。カヌレか。あの子らしい偽名だ」

ふ、ふ、と騎士は笑う。

「意思。それは重要なことだろうか？　やりたいと思えばやり、やりたくないと思えばやめる。それが許されるのは幼子まで。逃げてばかりでは人生もままならん」

「それを選ぶのは本人ではないか？　選んだ末にままならない人生になっても、それが本望ということもある」

ミトロフは言う。自分でもそれは苦しい言い分だと分かっている。

騎士の言葉がミトロフの胸を衝《つ》いていた。自分を責めるものではないと分かっていながらも、まるで殴られたように感じてしまう。

「街人ならばそれでいい。だが、私は騎士だ。あの子も騎士だ。騎士の家に生まれたのであれば、騎士として生きねばなるまい」

「なぜだ？　生まれながらに家に縛られて生きていかねばならないと？　選ぶ自由はないと？」

「ない」

と、騎士は断言した。

「我らは家を守らねばならない。先祖たちが守り続けてきたものを受け継ぐ責任がある。私たちの我儘《わがまま》で切り捨てるわけにはいくまい。生まれながらに、私たちの生き様は揺るぎなく定まっている。この剣のように」

騎士は肩に抱いていた剣に手を当てた。騎士にとって剣は重要な象徴である。騎士として叙任されるとき、主人と認めたものに忠誠を掲げるは一本の剣である。

「だが……だが、死ぬまで閉じ込められることは、騎士としての役目ではない」

ミトロフは躊躇《ためら》いながらも言葉を放つ。差し出がましいことだと、よく分かっている。

「家には家の事情がある。貴公が口を出すことではあるまいよ」

「ああそうだとも。それでも言わずにはいられない」

「あの子の雇用主だから、かな」

以前の詭弁《きべん》を騎士は覚えている。揶揄《からか》うような口調に、ミトロフは頷く。

「彼女はぼくの〝仲間〟だ。それに……勝手に言っていいものかは知らないが、〝友だち〟だとも思っている。カヌレが不幸になる未来をみすみす受け入れるのは、ぼくが我慢ならない」

「分からないな」

と、騎士は率直に言った。

ミトロフは喉を詰まらせる。分からないと言う相手に、続ける言葉が分からない。

「いや、すまない。貴公の言いたいことは分かる。素晴らしい精神だ」

言って、騎士は金属の管でちゅううとワインを飲み干した。

「だが、その素晴らしい精神……〝黄金の精神〟だけで、君は物事が思い通りに運ぶと思うのか？」

ミトロフは唇を閉じる。騎士はミトロフを見ていない。通り過ぎる街の人々に、兜は向いている。

「誰もが己の理想を抱えている。そうすればいいと口で言えど、叶《かな》うことのないものが多い。争いがなくならぬのはどうしてか？　理想とはぶつかるものだからだ」

兜はミトロフに向いた。隠された顔に表情は見えず、それでもその瞳が自分を確かに見据えていると、ミトロフには分かった。

「騎士を務めながら呪いを受け、人非《あら》ざる姿で逃げ出した者を、いつまでも野放しにしておくは家の恥。家に戻らぬなら斬れと、父は言っている。それが騎士としての誉れを守る方法だと」

ミトロフは目を見開いた。騎士として生きることの苛烈さを、そこに感じ取る。

「覚悟と力がなければ、我儘を貫くことすらできぬ――分かるか？」

騎士はカップを置いて立ち上がる。剣を腰の帯に繋ぎ直し、房のついた赤紐で留めながら、言葉を続ける。

「あの子は穏やかな性格でな、昔から我を通すことを恐れる。だが貴公なら分かるはずだ。よく考えてみてくれ」

含みのある言い方に、ミトロフは眉を寄せる。

騎士はそれ以上はなにも補わず、「食事の礼はまた必ず」と言い残して去っていった。

ガチャガチャと鳴り響く鎧の金属音が聞こえなくなってもしばらく、ミトロフはそこに座ってワインを舐《な》めていた。

生まれながらに、定められた生き方というものがある。そこには誉れも責任もある。たしかに、そうなのだろう。

では、と考える。自分もまた、何かをすべきだったのだろうか。

追い出されたことに従うのみでなく、父に頭を下げて、貴族としての役目を果たさせてほしいと言うべきだったのだろうか。

貴族として、自分は何かをできただろうか。

冒険者として、自分はなにをしているのだろうか。

ミトロフとして、なにをしたいのだろうか。

なにも分からない。答えは市場には売っていない。

ミトロフは残ったワインをひと息に飲み干す。苦味と渋味ばかりがあとに残った。

……と、ガチャガチャとした足音が戻ってくる。白銀の騎士は真《ま》っ直《す》ぐにミトロフの元へやってくる。

ぽかんと見上げるミトロフに、騎士は堂々と言った。

「ところで、私はどちらに向かって帰ればいいのだろう？」

それくらいの問題であれば、ミトロフにも答えることができそうだった。

4

大昇降機を使える権利を得ても、それを利用する人は多くない。利用料金が高いからだ。少しばかりは悩んだとしても、答えはやはり決まっている。ミトロフとカヌレも結局は徒歩で迷宮を下ることにした。

時間を惜しんで地下十一階までひと息に下っても、大昇降機を使った代金を回収するだけの成果をあげられるかは不安が残る。

十一階に踏み入れたばかりで、敵の手強《てごわ》さも実りも不明な以上、それならば時間はかかれども、まずは節約しながら様子を見るのが順当だろうという判断だ。

上層階と違って、第三階層の通路は天井が高く横幅も広い。洞窟のように滑らかな岩には茜色《あかねいろ》に輝く苔《こけ》がむしており、視界ははっきりと通っている。

「明るさに満ちた迷宮というのは落ち着かないな。自分が地上にいるのか地下にいるのか、混乱してくる」

とミトロフはぼやいた。贅沢な悩みとはいえ、環境の変化そのものが慣れない。

「この階には、蟻《あり》型の魔物が出るのでしたね」

ミトロフたちはすでにギルドで情報を収集している。

「〝パラポネラ〟と呼ばれる巨大な蟻だな。こいつは単独で行動しているらしい」

「巨大な蟻……」

ぼそりと呟きを返すカヌレの声は平坦《へいたん》である。

「苦手か」

「得意とは言えません。巨大な蟻の姿を想像するだけで少し寒気がします……ミトロフさまは、平気なご様子ですね」

「カヌレよりも想像力が乏しいんだ。実物を見るまではなんとも言えない」

庭や窓べりで列をなす小さな蟻を見たことはある。しかしそれが巨大化したところを明確に思い描くのは難しいものだ。

ギルドで購入した資料には簡単な絵と、大きさなどの情報が記されていたが、所詮は平面的な欠片《かけら》。想像は常に実物を超えるか、下回るものだ。ぴったり同じとはいかない。

「噛《か》む力がかなり強いらしい。そして尻の針には毒があるとか」

「それで毒消しを購入されたのですね」

カヌレが背負う荷物袋の中に、ミトロフがギルドの売店で買ったばかりの小瓶が入っている。それはパラポネラ専用に調合された毒消しである。

「即死の毒というわけではないが、かなりの痛みらしい。大の男でも泣き喚《わめ》く、と書いてあった」

ミトロフは言いながら顔を顰《しか》めた。

巨大な蟻の毒針に刺されるだけでも嫌なのに、さらに激痛を味わいたくもない。効果の良い解毒薬が売っているとなれば、買わない理由もなかった。

「毒針だけでも嫌なんだが、さらに気が滅入《めい》るのはパラポネラを倒しても……」

と、ミトロフは足を止め、刺突剣の柄《つか》を握った。

茜色の濃淡を描く洞窟のゆるやかな傾斜の壁に、黒い影が張り付いていた。

丸みを繋げた身体に、不釣り合いなほど細い脚が六本。頭からピンと伸びる触覚を絶え間なく動かし、こちらに向けた顔に表情はなくとも、鋭い口をカチカチと打ち鳴らされれば、威嚇しているのは見て取れる。

「……ぞっとします」

後ろでぼそりとカヌレが言った。

まったくだ、と頷いて、ミトロフは剣を抜く。

「ミトロフさま、わたしが」

荷を置いたカヌレが金属の丸盾を構えて前に出た。小刀兎《うさぎ》は群れで行動するために、戦闘の際には個別で対応せざるを得なかった。

パラポネラは一匹である。カヌレが盾を、ミトロフが剣を。本来の戦い方ができる。

壁中に繁茂した光苔による穏やかな夕暮れの洞窟に、全身を黒ずくめにしたカヌレが丸盾を構えて進む。

パラポネラは鳴き声も上げず、俊敏に壁を走った。壁から跳ねるようにしてカヌレに飛びかかる。

カヌレは近づくのを待ち構え、空中でパラポネラを殴り飛ばした。鈍さと軽さの中間にある衝突音は動物とも金属とも違う。

パラポネラは壁にぶつかり落ちて地面にひっくり返った。

ミトロフから見ても背筋が寒くなるような衝撃に思えたが、パラポネラはすぐさま起き上がった。

地面を這《は》うように接近し、カヌレの脚に顎を突き刺そうと動く。

ミトロフは走ってカヌレを追い越し、パラポネラに剣を振り下ろした。

背に当たった剣は弾《はじ》き返された。硬質な感触に手の甲まで痺《しび》れが突き抜ける。

パラポネラはミトロフを追い払うように顔を振る。牙も角もないその動作に恐ろしさはない。

ミトロフは落ち着いて足を捌《さば》いて立ち位置を替え、パラポネラの横に立った。今度は狙い定め、身体を繋ぐ節を打つ。

研がれた刃は鋭く食い込み、パラポネラの身体を両断した。

ミトロフは素早く身を引いて様子を窺《うかが》う。ふたつに分けて地面に倒れたパラポネラの身体を眺め、納刀した。

「パラポネラのギルドでの買取が毒針だけなんだが、素人が毒物を採取するのは難しいし、買取価格もそう高くない」

「……なるほど。危険ばかりで旨味《うまみ》が少ない、ということですか」

カヌレは丸盾を両手で抱え、遠巻きにパラポネラを見つめている。

「毒針に刺されたときにはそこで探索は終了になるだろうし、大昇降機で帰るようなことになれば赤字を覚悟しなきゃいけないいな」

魔物と戦うときには常に命の危機があるが、パラポネラに関しては金の危機も加わる。毒針の一撃ですべてがご破算になりかねないし、倒したところで得もない。

ミトロフは折り畳んだ地図を片手に道を進む。パラポネラは壁に天井にと、その姿を見る。光苔のおかげで通路は見通しよく、遠目にもすぐに見つけることができる。

もし上層階のようにランタンの頼りない灯りばかりであれば、警戒するあまり足取りはひどく遅くなっていただろう。

それでもどうしても、上層階ほど順調に探索が進んでいるとは言えない。

「……すみません、わたしがもう少しお役に立てればよいのですが」

真っ直ぐに伸びた通路を進みながら、カヌレが言う。

「充分すぎる仕事をしてくれているが」

ミトロフの返答にもカヌレは頷かず、フードがゆるりと左右に揺れる。

「パラポネラに打撃は通じないようです」

これまで、カヌレは盾による打撃という攻撃手法を取っていた。

呪いによってカヌレの膂力《りょりょく》は人を超えたものになっている。その怪力でもって金属の盾を叩きつければ、たいていの魔物には致命的だった。

しかしパラポネラは硬く、軽い。どのように盾をぶつけても衝撃が逃げてしまう。

「……剣を握れたら、よかったのですが」

足下にこぼすような口ぶりには、訊かずとも事情があると推測が立つ。

ミトロフはどこまで踏み込んでいいか判断がつかずにいる。

利益を求めるための打算としての交渉術や、当たり障りのない礼儀を守った会話の仕方は学んできたが、こういうときにどんな言葉をかけるべきかは分からない。

声をかけて良いのか。カヌレが抱えているであろう事情に首を突っ込んで良いのか。

そんなことを悩むあまり、近づく月末のことも話題にできていない。昨夜、カヌレの兄に出会ったことも話していない。

「…………」

「…………」

「……剣は、使えないのか？」

「……！」

ミトロフは壁の凹《へこ》みを見つめながら、思い切って訊いてみた。

そんな必要はないはずなのに、やけに緊張をしている。

カヌレは頷き、先を行くミトロフの背にすす、と歩みを寄せた。

「じつは、古い伝統に倣って騎士は主君に剣を捧《ささ》げるのです。もちろん、昔と違って今では騎士も務めであり雇用としての主従ですが、信頼を証するための儀礼でもあります」

「騎士物語の王道だな」

「ミトロフさまもご存知ですか」

「幼いころに観劇に行った憶《おぼ》えがある。跪《ひざまず》いた騎士が剣を差し出していた」

カヌレはその通りだと頷いた。

「差し出した剣を主が取り、剣先で肩を叩いてから返せば騎士として認めていただけたことになります」

「カヌレもそれを？」

「はい……といっても、わたしの場合は幼いころのことですから、緊張のあまり鮮明に覚えてはいないのです」

「幼いころ、ということは、自分で主を選んだわけではないのか」

ミトロフは話しながらも視線を止めず、上下左右に黒い影がないかを探している。

「家同士の関係といいますか。わたしが生まれたときに、すでに騎士として務めることが決まっていたのです」

「婚約者のようだ」

ミトロフは思わぬところで共感できることを見つけて笑った。

貴族家は子の婚姻を政治的な意味合いで考える。生まれてもいないのに婚約の誓書を、という話すらあるほどだ。

「ミトロフさまにもいらっしゃったのですか？」

「婚約者か？　ああ、いた。何年も前に破談になったが」

家の都合で婚約がなされ、事情が変われば誓書が紙切れになる。それもありふれた話である。

「きみはまだその主と契約を交わしている、ということか」

ミトロフは話を戻した。

「いいえ。別れの日に、騎士としての役目を解任されました。兄が連れ戻しに来たということは、正式に契約もなくなったのだと思います。捧げた剣も、すでに返されたことでしょう。ですが守るための誓いを立てた剣を迷宮で振るというのは、騎士としての矜持《きょうじ》に関わるといいますか……抵抗があるのです」

「もっともな理由だと思う」

貴族が見栄《みえ》と体裁を重視するように、騎士は誉れを無視できない。その象徴が剣ということだろう。

貴族は、どんなに金がなくとも、来客があれば最高級の茶を出さねばならない。支度金が準備できないために娘を嫁がせられない、という家もある。

靴の中が血まみれであろうと、平然とした顔で美しく歩かねばならないのである。それが無理なら歩く姿を人に見せない。いかに不合理でも、傍目《はため》から見れば愚かであろうと、それが貴族としての社会なのだ。

「騎士が一本の剣にかける思いがどれほどのものか、正直、ぼくには分からない。しかしカヌレがそうすべきだと感じたのであれば、それでいいのだと思う」

カヌレの返事がない。

不自然に思って振り返ると、カヌレは立ち止まっている。

迷宮だというのに辺りに満ちるずいぶんと明るい茜色のせいで、カヌレの黒々としたフードの奥に隠れた白い骨のかけらがわずかに見えている。

「……ミトロフさまは、不思議なお方です」

「急にどうしたんだ」

「騎士が剣を捧げるようになったのは、そうしなければ信用されなかったからです」

「昔はよく鞍替《くらが》えがあったとは聞いている」

カヌレは頷いた。

「かつての騎士は、戦うための道具に過ぎませんでした。騎士もまた、より良い待遇、より良い領主がいれば、そちらに流れる傭兵《ようへい》のようなものだったのです。それは生き残るための戦略ではありましたが、信頼を欠く行為でもありました。なにがあろうと裏切らぬという誓いのために、剣を捧げる儀式が生まれたのです」

カヌレはそこで言葉を切った。どのように話すべきかを思案するように息を吸って、

「人の信頼を受けるには、そうした証《あかし》、代償が必要です。なのに、ミトロフさまはわたしを信用してくださっています。人の姿ですらないわたしを」

カヌレは手に持った丸盾の縁を指で撫《な》でる。その手すら、黒い革手袋で覆われている。

「わたしはもう騎士ではありません。この身に呪いを受けて、騎士として生きることはできなくなりました。生まれたときから騎士として生きるように育てられ、呪いを受けたことで騎士としてのわたしは死に……わたしにはもう、役目も居場所もないのです」

ミトロフは顎を撫でる。たぷたぷとした肉をつまみながら、カヌレの兄である騎士と並んで話したことを思い出している。

「きみが仕えていた相手は、呪いを受けたきみを逃したのだったな？」

「はい。迷宮のあるこの街ならば、呪いを解く方法もあるだろうと」

「何か言われなかったか」

カヌレは空白を選ぶ。意識は過去に流れ、耳に残っているはずの言葉を探す。

「……もう戻らないように、と」

「きみはそれを、解任の言葉だと捉えたのだな」

はい、とカヌレは頷いた。

ふむ、とミトロフも頷く。これまで、カヌレは雇い主のことを明かしていない。言葉を濁すよう

な物言いから、あまり知られてはならない立場の人間だろうと推測は立つ。つまり、地位の高い人間だ。

「主人は、きみを守ろうとしたのだろう。逃したということは、そうせざるを得ない事情があったということだ。きみの主人以上の権力者……家の当主が、きみを排除しようと考えた、とか」

「……」

「貴族はとにかく体裁を気にするものだ。どんな事情でその姿になってしまったのか詳しくは知らないが、貴族が喜んで受け入れるものではない」

厳しい言い方だが、それは事実だった。初めて出会ったとき、カヌレが街人に追われていたように、魔物への忌避感は強い。

ミトロフの中に育まれた貴族としての価値観で考えれば、どんなに恩義があっても、皮も肉もない骨身の姿になってしまった騎士を側に置くわけにはいかない。

「主人はなにかの事情を知ったのだろう。その時点で、きみを家に戻すという話になっていたのかもしれないし、それよりもひどい可能性もある。どうにせよ、そのままではきみの未来がないと理解したはずだ」

ミトロフはカヌレを見ている。かすかに俯《うつむ》いたフードの頭からでは、彼女の感情は読み取れない。フードの奥にあるのは骸骨であって、それは魔物と変わらない容姿である。

それでも忌避感を抱かず、カヌレを信用できるのは、彼女の性格によるものが全てだった。

「主人はきみを信頼していたんだ。だから助けたかった。しかし、できることは限られていた」

ミトロフは貴族としての視点から語る。

「だから内密に逃し、きみのことを思ってもう戻るなと告げたのだろう。ぼくが不思議な人間なんじゃない。きみが信頼されるのは、きみが良い〝人間〟だからだ」

カヌレが顔を上げる。フードがわずかにずれている。そこにある白い骨に、カヌレの心は宿っている。

「……ミトロフさまは、やはり、不思議なお方だと思います」

「そうだろうか」

「そうですよ。こんなにも優しいお言葉を、わたしは初めて頂きました」

ふ、ふ、とカヌレは笑う。

その笑い方があまりに温かなものだから、ミトロフはどうにも気恥ずかしさを覚えて視線を逸《そ》らした。

自分で言っておきながら、これで良かったのだろうかと不安にもなる。こうした会話に慣れていないのだ。

それでも、おそらくは自分にできる精いっぱいでカヌレを逃した主人と、カヌレがすれ違ったままでは、あまりに虚しいと思った。

——何かが地面を走る音がした。

5

ミトロフは咄嗟《とっさ》に顔を引き戻す。瞬時に視界を走らせるが、どこにもパラポネラは見えない。

〝昇華〟によって研ぎ澄まされた冷静さが思考を回す。

カヌレも音に気づいている。ミトロフの背後に目をやっている。カヌレの挙動が迷っている。見つけられていない。

ならば、と。ミトロフは腰の剣に手を伸ばす。同時にカヌレを押しのけようとして、その背後に飛び上がったパラポネラを見た。

カヌレの身を隠す裾の広いローブの陰に隠れ、ここまで接近するのを見逃した——ミトロフの頭は冷静に状況を把握している。

パラポネラが空中で体勢を変えている。大きく膨らんだ臀部《でんぶ》をカヌレに向ける。鋭い毒針が見えている。

カヌレが壁となっている。パラポネラを斬り払うことはできない。

ミトロフは瞬時に判断した。

剣を摑むために伸ばした腕を前に突き出す。踏み込み、カヌレのローブの襟を摑み、引き寄せる。

「——ぁ」

不意に引かれたカヌレは、ミトロフの腕の中に倒れ込む。

すでにその背後にパラポネラが迫っている。カヌレの背中と針の間に、ミトロフは左腕の小盾を差し込んだ。

衝撃は点。腕が痺れるような重さもない。

ミトロフが腕を振り払うと、パラポネラは空中で体勢を整えながら落ちる。

盾に一本、鋭く太い針が突き立っていた。茜色の光に、針にまとわりついた赤黒い液体がぬとりと反射している。

これが毒らしいな、とミトロフが考えた矢先に、左腕が弾けた。

「――――!?」

錯覚だ。それは急激に膨れ上がった痛みだった。左腕の中で熱風が炸裂《さくれつ》したような衝撃に、一拍遅れて毒が身体に入ったのだと認識する。

それは痛みを超えて焼けるような熱に変わっていく。あまりの熱さに叫ぶことすらできない。奥歯を噛み締め、膝から落ちるように座り込む。

「ミトロフさま!?」

カヌレは瞬時に状況を把握し、ミトロフの傍らに膝をついた。小盾に突き立った毒針は、革を貼った木板を割って貫通していた。先端が腕に食い込んでいる。

カヌレは黒革の手袋で毒針を握り、すぐさま引き抜いた。

「っ、……カヌレ、これは、痩せるぞ……」

ミトロフの顔には急激に脂汗が噴き出していた。

「ご冗談を！　すぐに毒消しを……！」

そのとき、壁に弾かれていたパラポネラが接近する。毒針を失ってもなお、戦意は旺盛である。

飛びかかってきたパラポネラを、カヌレは手刀で叩き落とした。呪いにより強化された膂力で、パラポネラの頭が弾け飛んだ。

カヌレは意識も向けず、毒液に濡《ぬ》れた黒革の手袋を外して捨てた。白骨の指が現れる。その手で、背負った荷物の紐をとき、毒消しの瓶を取り出した。

封を切るのももどかしく、カヌレは瓶の口を骨指で弾いた。割れたガラス瓶の先から、ミトロフの傷口に薬液をかける。途端、傷口が泡立った。

「うおおおお!?　毒より痛いぞこれは!?」

「我慢を」

痛さに耐えようもなく暴れるミトロフの腕を、カヌレがぎゅっと押さえ込んだ。関節を痛めぬように、ミトロフが暴れる力を柔らかく受け流しながらも決して離さない。

ミトロフは歯を食いしばって堪えることしかできなかった。

全身に力が入っている。それはミトロフの意思ではなく、身体が勝手に反応している。

傷口に泡立つ薬液はたしかに効能を果たしている。焼ける痛みは徐々に治まり、腕の中に疼《うず》く棘《とげ》だらけの塊だけが残っている。

「……迅速な対処だった。感謝する」

血管が脈打つたびに腕の芯が痺れるが、その痛みに耐えながら会話をするくらいの余裕はできた。

全身が汗で濡れている。視界が鮮明になってくる。腕を押さえているカヌレの骨の手指に目が向く。

カヌレは視線に気づくと、さっと手を離してローブの中に隠した。

「……申し訳ありません。わたしの失態です」

「いいや、ぼくたちふたりの失態だ。警戒を怠りすぎたし、パラポネラを甘く見ていた」

ミトロフは立ち上がり、懐から取り出したハンカチで顔の汗をあくまでも優雅に押さえた。

「――ミトロフさま、わたしを庇《かば》うのはおやめください」

カヌレが毅然《きぜん》と言った。

「わたしは騎士であり、呪われた身です。この身に毒は効きません。わたしが盾になるべきです」

声音には硬質な真面目さが満ちている。

「なるほど、きみの意見は理解した」

ミトロフはハンカチの端を合わせて丁寧にたたむ。

「きみが騎士だと言うなら、ぼくは貴族だ。紳士は淑女を守らねばならない」

「しゅ、淑女……!?」

カヌレが喉を詰まらせた。

「わ、わたしは騎士です！」

「騎士だろうと淑女は淑女だ」

「それに呪われた骨身の姿です！」

「骨だろうと淑女は淑女だ」

「わたしはミトロフさまより頑丈で強いのですよ!?」

「その通りかもしれん。だが、傷付かぬわけではないだろう」

カヌレは返事に詰まった。

傍らに落ちていた黒革の手袋を、ミトロフは拾う。針を抜くときに付いた毒を、ハンカチで丁寧に拭う。

ミトロフは恐れもなく、カヌレがローブの下に隠した右手を取ると、骨の指に丁寧に手袋をはめた。

「きみが困っているならぼくが助ける。ぼくが困っていたらきみが助けてくれ。それが仲間というものだろう?」

カヌレはしばらく返事をしなかった。

ミトロフのふっくらとした丸い手の中にある自分の手を、じっと見つめている。

さすがに沈黙が長すぎるあまり、ミトロフが不安になってきたころ、カヌレがぼそりと言った。

「ミトロフさま、お願いがあるのです。お嫌でしたら、どうか遠慮なく断ってください」

「う、うむ？　聞こう」

「もう少しだけ――このまま、手を握っていてくださいますか」

カヌレの言葉にミトロフは返事をしなかった。なぜと訊き返すことも、なんだそのくらいと笑い飛ばすこともしなかった。

ときにはどんな言葉にも託せない思いがある。ミトロフはそのことを知っていた。

だから手の内にあるカヌレの手を、ぎゅっと握り返した。

6

当人と、心配をする者と。意見がすれ違ったときにはどちらが強いのか。

ミトロフはもう平気だと言って迷宮の探索を続けようとする。

カヌレは、気恥ずかしさをフードの奥に隠し、決してミトロフと目を合わせないようにしながらも、探索を切り上げることを譲らない。

事実、ミトロフの左腕にはまだ痺れと腫れが残っていた。激しい運動のために腕の筋を違えたような、動かすことをためらう違和感が拭えない。力を込めるだけで鈍痛がはしり、腕の可動域にも不自由がある。

ミトロフはそれを秘密にしたまま先に進もうとしていた。

「毒消しはよく効いている。休んだおかげで痛みも抜けた。先に進もう」

地下十一階に降りてからの収穫は少ない。倒しても得るものもないパラポネラを狩るだけでは、毒消しを使った分だけ、今日の収支が赤になってしまう。

「いけません、ミトロフさま。未知の領域を開拓するなら、万全の調子でなければ。毒の影響も甘く見られません」

心配しているのは間違いないのだが、どうにも過保護に思えて、ミトロフは唇を尖《とが》らせる。

ちょうど後ろからやってきた冒険者たちが、通路の端で問答を繰り広げるふたりの横を通り過ぎていった。

会話の内容が聞こえていたらしい。ずいぶんと生暖かい視線を置いていった。

「分かりました。では、帰りは大昇降機をお使いください」

と、冒険者たちの背を見送ってからカヌレが言う。

「大昇降機を？　赤字じゃないか」

「お乗りになるのはミトロフさまだけです。わたしは歩いて帰ります。それでしたら、もう少し探索をしてもいいです」

ミトロフはううむと顎を引いた。たぷんと贅肉《ぜいにく》が重なり、首を囲むように肉の浮き輪ができた。

「大昇降機がお嫌なら、今から歩いて戻りましょう。余力があるうちに引き返すべきです」

それはカヌレの言い分が正しい、とミトロフは頷く。

余力がなくなってから引き返したのでは遅い。帰りにも魔物はいて、どうしても戦わねばならない場面はある。

今は平気だと思っていても、数十分後に毒による不調がぶり返すことも考えられる。

先に進むと意地を張って強行することはできるが、ミトロフはカヌレを見つめる。

進行方向を塞ぐように、腰に手を当てて仁王立ちである。カヌレの意志は固いようだった。

ミトロフは唸り、不承不承ながらも頷いた。

「……分かった。今日は引き返そう」

「本当ですか。ミトロフさまは良い子です」

明るい調子でカヌレが言った。声まで軽やかである。

カヌレの年齢がいくつかは知らないが、ミトロフよりも大きく歳上というわけではあるまい。幼子に対するような物言いにミトロフは目をパチクリとさせた。

帰りの道すがらも、カヌレは世話焼きの一面を見せる。先頭を歩くのはもちろんカヌレだし、ちょいちょいとミトロフを振り返っては、異常がないか、ちゃんとついてきているかを確認する。

パラポネラと遭遇したときでも、ミトロフが剣を抜くのを止め、カヌレがひとりで戦う。

それはさすがに、とミトロフは参戦する気で構えていた。しかしカヌレは、パラポネラが苦手だという様子は露ほども見せず、これまでとは一変して勇猛に戦った。

盾で殴ってもパラポネラに有効打とならないことは実証されている。

だが先ほど、カヌレの手刀によってパラポネラは討伐されている。剣を持たずともカヌレは騎士であり、訓練と知識を積んだ専門職である。

パラポネラを盾で弾き、壁に追い詰める。盾の縁を使って、挟み込むようにしてパラポネラの首を断つ。床を這うように接近してきたパラポネラを踏みつけて動きを止め、断頭台のように盾を振り下ろす。

その戦いぶりは、これまでミトロフがカヌレに抱いていた穏やかな印象とはまるで違う。戦う者としての風格、冷徹さを孕《はら》んだものだった。それは恐ろしいというよりも、ただ頼もしい。

ぼくの出番はなさそうだ……。

安堵《あんど》と、少しばかりの寂しさと。男としての面子《メンツ》がどうにも立たないように思えたが、事実、左腕を痛めたミトロフが参加するよりもカヌレが戦ったほうが、安全かつ討伐が早そうだった。

ミトロフはカヌレの後ろに付いて歩きながら、そっと盾のベルトを緩めた。

毒針に刺された腕が腫れている。時間が経《た》って落ち着くかと思えば、段々に痛みがぶり返している。腕の芯、骨の中でずくずくと、溶けた鉄が流れているような感覚がある。

刺された瞬間ほどの激痛ではない。耐えられる痛みだ。

カヌレを呼び止めることもなく、ミトロフは歩みを進める。弱音を吐くことは貴族として、いや、男としての矜持が許さない。

「――ミトロフさま」

「大丈夫だぞ、ぼくは」

呼びかけられた声に反射的に返事をすると、不審げな空気が戻ってきた。痛みに意識を取られて、声を聞き逃していたらしい。

よくよく見れば、カヌレは通路に直角に繋がった横道に身体を向けていた。

「……すまない、繰り返してくれるか」

「この先で声が聞こえます」

「ふうん？」

横道は天井が低く、上層階で見慣れた迷宮らしい通路である。

出入り口には鉄の柵が張られ、道を塞いでいる。これまでも何度も見かけた封鎖された通路だ。地図にも記載されていない。

ミトロフも耳を澄ませたが、どこかで風が唸るような音が聞こえるだけである。

「どんな声なんだ？」

「声を荒らげている男性と……」

カヌレが黙り込む。ミトロフは音を立てないように呼吸を抑えた。魔物の姿に変わったカヌレは、耳の良さも得ているらしい。

「聞き間違いかもしれませんが」

とカヌレは前置きをして、

「あの獣人の少女――アペリ・ティフの声が聞こえた気がします」

本当か、とは訊ねない。カヌレがそう言うならそうなのだろうとミトロフは考える。

男が声を荒らげている、という先の言葉のほうが重要だ。アペリ・ティフが男と争っているということになる。

なにも知らなければまだしも平静でいられたが、ミトロフには懸念があった。自分の腕のことではなく、アペリ・ティフが渡してくれた〝アンバール〟という石のことである。

それは貴重で、ギルドが内密にしたいもので、欲しがる人間がいるらしい。

獅子頭の男はミトロフに肝心なところを教えてはくれなかった。そのために余計に、ミトロフには謎ばかりが大きく見えている。

「……様子を見に行こう」

「では柵を壊しますね」

ミトロフの言葉に、カヌレは問答をすっ飛ばして行動に移そうとする。ミトロフのほうが戸惑ってしまう。

「あ、いや、きみはそれでいいのか？　もっとあるだろう、選択肢が」

はて、とカヌレは首を傾げた。

「ミトロフさまはあの少女と親しみがありますでしょう？」

「それは、たしかにあるが」

「騒動に巻き込まれている様子があれば、ミトロフさまは行くと仰《おっしゃ》るに違いないと分かっておりました。ですが腕のこともあります。ご無理はなさらぬように」

言って、ミトロフの返事を待たず、カヌレは鉄柵の中心にある扉に手をかけた。大きな錠が付いている。そこを壊そうというのである。

しかし予想に反して、扉は軋《きし》みを上げて開いた。

「鍵はかかっていないようです」

「それは都合がいい」

鍵をかけて侵入を禁止された場所だ。鍵を壊して入るのと、たまたま開いていたので入ったのとでは、気持ちがいくらか変わってくる。

ふたりは鉄の柵をくぐり、横穴に足をすすめた。

7

横穴は細く、蛇行している。ふたりが横に並べば肩が触れてしまいそうなほどだ。暗闇であれば息も詰まる閉塞感だが、光苔のおかげで視界ははっきりしている。

横幅も縦幅も狭い茜色の空洞の中を進むと、感覚は次第にずれていく。距離感も曖昧になり、自分たちがどこまで歩いているのかも分からなくなってくる。

この横道に入ってようやくミトロフの耳にもアペリ・ティフらしき声が聞こえるようになった。この細道で反響して遠く響いているらしい。

男の声も聞こえている。うかうかとはしていられないと足を速める。

そのうちに声が明瞭となってきて、男が怒鳴っているわけではなく、どうにも何かを請願しているようだ、とミトロフは不思議に思う。

やがて細道の先に開けた空間があって、ミトロフとカヌレが足を踏み入れると、すぐにアペリ・ティフは見つかった。

「……なんだ？」

アペリ・ティフに危険があるのではと急いで来てみて、実際に出くわした光景は想像と違っている。

アペリ・ティフの前に、男は膝をついて座り、手を合わせていたのである。

「あんたらの事情は分かる！　でもそこをなんとか」

アペリ・ティフはすでにミトロフたちに気づいていた。以前もにおいでミトロフを見つけたのだから、近づいてくるのはすぐに分かっただろう。

「……ミトロフ」

「やあ、アペリ・ティフ」

状況は分からずとも、ひとまず危険はないらしい。

「ここ、入っちゃだめ……おこられるよ」

「それは分かっている。ただ、アペリ・ティフの声がしてな。なにか助けになれるかと思ったんだ」

「なんだ、お前ら？　ここは〝特区〟だぞ」

男はミトロフを睨《にら》みながら言った。鋭い目つきに、声も厳しい。しかし男は相変わらずアペリ・ティフに祈るような姿勢を崩しておらず、迫力はまったくなかった。

立ち入り禁止なのは理解した上で入っている。非があるのはこちらだとは分かりながらも、ミトロフはどうにも振る舞いに困る。

「……特区？」

「なんだ、素人か。帰れ帰れ、お前みたいな太っちょのガキには関係ないんだ」

途端に男は興味をなくした顔で、シッシッ、と手で追い払う。

二十代も半ばだろう。無精髭《ひげ》の生えた顔と、伸ばしっぱなしで肩に触れるくすんだ金髪にはだらしなさが見える。雰囲気も声音も若々しい。

男はミトロフたちなど見なかったかのように意識を切り替え、再びアペリ・ティフに手を合わせる。

「もう少し！　一袋、いやひとつでもいい！　今すぐに欲しいんだ！　お得意さんからせっつかれててさ、もう限界なんだよ！」

「……〝長《おさ》〟が許さないなら、私はなにもできない、言えない」

「そこをなんとかさ、お嬢ちゃんから口をきいてほしいんだよ。お嬢ちゃんが見つけてるんだろ、〝アンバール〟を！」

男が口にしたひと言をミトロフは聞き逃せない。

「〝アンバール〟が何か知っているのか？」

ミトロフが口を挟むと、男は鬱陶しそうに目を細めた。

「なんだよ、お前は知らなくていいことだっての」

と、男は早口で言い捨てた。しかしふとミトロフを上から下まで眺め、おや、と眉をひそめる。

「……いや、待てよ、お前……いやいや、これは失礼しました」

途端に男は笑みを浮かべる。

「そのようなお姿なもので、私もすぐには気づけず。これまでのご無礼は平にご容赦を……貴方《あなた》のような御身分の方が、まさか迷宮にいらっしゃるとは思わなかったもので」

男はさっと膝の向きを変える。頭も低く、両手を揉《も》むように擦り合わせ、まるで人を疑うことも知らないような笑みでミトロフを見上げる。

その姿、表情、口振り……通ずるものをミトロフは知っている。幼いころに見慣れたものである。

「商人か」

「ははっ、端くれに腰掛けております、お求めになりたいものがございますれば、何なりとご用意させていただきますので。ぜひお見知り置きを……」

慇懃《いんぎん》なほどの態度は、どうやらミトロフを貴族と見抜いたからであるらしい。

ミトロフからは未《いま》だ、貴族としての振る舞いが抜けていない。それゆえに男は、ミトロフを貴族の子息と考えたのだろう。

ミトロフは男の目敏《めざと》さに感心しながらも、正直に身分を打ち明ける。

「ぼくは確かに貴族だった。だが今は家を追い出された身だ」

「なんだよ早く言えっての！　焦って損したわ！」

男はまたもや急激に態度を変えた。気だるげに立ち上がると、ため息をつきながら膝についた泥を叩き落とす。

その変わり身の早さとあけすけな態度が、かえってよく男の人となりを感じさせ、ミトロフは苦笑した。

「貴方は〝アンバール〟を求めてここにいるのか」

「……お前、本当に貴族だったのか？　〝アンバール〟を知らないって？」

「ああ、知らない」

ミトロフが頷くと、商人はやれやれと首を振った。

「じゃ、お前の家は木端ってところか。そのうち、嫌でも〝アンバール〟の名前を知るようになるさ。お前の手が届くものじゃなくなってるだろうけどな」

男はミトロフに興味もなさげに、側《そば》に置いていた荷物を拾い上げ、再びアペリ・ティフに向き直った。

「ちぇ、邪魔も入ったんじゃしかたないや。とにかく〝アンバール〟を売るときは俺にもひと声かけてくれ。他のやつらより金を出す」

「……私に決める権利はない」

分かったよ、と商人は両手を挙げた。

「〝長〟が全部決めるんだよな。じゃあ、その〝長〟によろしく伝えてくれ。俺の名前はポワソン。損はさせねえからさ」

ポワソンはミトロフが見ても見事な一礼をして、細道に戻っていった。

「……知り合い、というほど親しくはなさそうだな」

ミトロフはアペリ・ティフに言う。獣耳をぱたたっ、と小さくふるってから、アペリ・ティフはミトロフに視線を向けた。

「商人……みんな、〝アンバール〟を欲しがる」

「きみは〝アンバール〟がなにか知っているのか?」

アペリ・ティフは首を振った。

「分からない。ただ、〝長〟は価値があると言う。だから私たちに探すように、と。見つけて、売って、〝長〟はお金を手に入れる。私たちの暮らしのために」

「なるほど」

ミトロフは困ったように頷いた。

アペリ・ティフでも知らないとなれば、〝アンバール〟の謎はますます深まってしまう。

迷宮で見つかる宝石のような塊。商人が高値で求めるもの。ポワソンと名乗った先ほどの商人の口振りからすれば、それはまだ限られた人間にしか知られていない。

そして〝迷宮の人々〟は、その〝アンバール〟によって生計を立てているようだった。

「ミトロフも、もっと〝アンバール〟がほしい？」

アペリ・ティフに訊かれ、ミトロフは素直に頷いた。

「欲しいな。良い金になるようだ」

商人は誰よりも利に敏《さと》い。彼らが直接迷宮に、それも立ち入り禁止の細道に入ってまで〝迷宮の人々〟から仕入れようとしているのであれば、よほどの品物なのだろう。ポワソンも高値で買うと言っていた。

迷宮で命懸けで魔物を倒し、わずかな利益を得るよりも、よほど効率も実入りも良いだろう……。

「分かった。〝長〟に頼んでみる。私がもっと見つける」

簡単にアペリ・ティフが言うものだから、ミトロフの方が戸惑ってしまった。

「先ほどの商人には売れないと言っていなかったか？」

「ミトロフは別。命を助けられた。アペリ・ティフはまだ感謝を返す」

獣人は恩義と情に厚い種族だとは知っているが、アペリ・ティフという少女はそれを加味してもなんと律儀だろう、とミトロフは感嘆した。

「それから……」

とアペリ・ティフは口籠る。

少しばかり視線を下げ、太ももにそっと手を当てて撫でる。そこにはまだ治りきっていない傷跡があるのだろう。

「〝長〟が、あなたに会いたいと言っていた」

「どうしてぼくに？」

〝迷宮の人々〟の暮らしには興味がある。しかし、その〝長〟が一介の冒険者に会いたいというのは、好奇心よりも疑念が先に立つ。

「分からない。でも、ミトロフが断るなら、それでいいと言ってる」

アペリ・ティフには事情が知らされていないようだ。そして判断はこちらに委ねられている。

ミトロフはむっつりと黙り込み、頭を捻《ひね》った。

「カヌレ、きみはどう思う？」

「ミトロフさまのお気に召すままに。何があろうとお守りします」

カヌレは揺るぎのない調子で答えた。先程、パラポネラからカヌレを庇ってから、どうにも調子が変わってしまったらしい。まるで騎士のようにミトロフの後ろに控えている。

なんだかやりづらいな……と思いつつ、ひとまずは決断を先にした。

「分かった。会おう。どうすればいい？」

「……ここで待っていて。あんぜん。〝長〟を連れてくる」

奥に続く細道に身体を向けたアペリ・ティフに、ミトロフは声をかける。

「〝長〟というのは、どんな人だ？」

アペリ・ティフは小首を傾げる。

「どんな人……？」

質問を噛み締めて、何かを思い出したのか、急にぶるりと肩を震わせた。尻尾も耳も毛がぶわりと逆立ち、ぴったりと身体にくっついている。

「……すごく、頼りになる。……こわいけど」

8

アペリ・ティフと〝長〟が戻ってくるまでの時間で、ミトロフはカヌレに〝アンバール〟について説明した。といっても、ミトロフにも正体はほとんど分かっていない。

知っている人だけが知っていて、どうやら高価で取引され、そして誰もが欲しがるようなもの……。

「どうしてミトロフさまはお会いになると決めたのですか？　あまり健全なお話ではない気がいた

しますが」

健全なお話。

カヌレらしい穏便な言いまわしに、ミトロフは笑った。胡散臭《うさんくさ》いというよりは気が楽になるかもしれない。

「向こうはぼくに何か〝商談〟を持ちかけたいのだと思う」

「どうしてそうお考えに？」

「アペリ・ティフが〝アンバール〟をぼくに渡したからだ。たしかアペリ・ティフは、〝長〟に価値があると言われたから、と」

あのときは綺麗《きれい》な石くらいに思っていたが、ポワソンの態度を見れば、価値があるという言葉の意味合いが変わってくる。

「あれはぼくらへの先付けだったのだろう。価値のあるものを先に渡して興味を惹いてから、本題に入る。商人がよく使うやり口だ」

「はあ、なるほど」

カヌレは頷きはしても、ぴんときてはいない声音である。

騎士としての実直さを身につけているカヌレは、そうした手順を挟んだ話運びにまわりくどさを感じるのかもしれない。

「ではミトロフさまは商談をお受けになると？」

「それは話の内容次第だな。そもそも、向こうがぼくに求めるものが想像つかない」

と、そこまで話したとき、通路の向こうから歩いてくる姿が見えた。アペリ・ティフと、その後ろにもうひとつの影。

ふたりが目の前にやってきて立ち止まるまで、ミトロフもカヌレも黙っていた。

「ありがとう、アティ」

柔らかな声をアペリ・ティフにかけてから、〝長〟は一歩前に出て、ミトロフに顔を向けた。

「初めまして。ブラン・マンジェと申します。皆には〝長〟と呼ばれております。あなたがミトロフさんですね。そちらの方は……なんだか、仲良くなれそう」

ブラン・マンジェがころころと笑う先にはカヌレがいる。

「ぼくに会いたいと聞いたが」

「あら、わたくしのこの姿には言及されなくて良いのですか?」

「結構。見慣れている」

ミトロフの返事に、ブラン・マンジェはまた笑う。

目の前に立つのは小柄な女性のようである。全身を草木染めのローブで包み、顔はフードで隠れている。カヌレとそっくりであった。事情があるのだろうと訊かずとも分かる。

「太身に細剣で迷宮に潜るとなれば、冒険に夢みる貴族の方かと思っていたのですが、分別はついていらっしゃるようですね」

ミトロフは片眉を上げた。ブラン・マンジェの声音は淑《しと》やかに聴き心地が良い。嫌味ですら上品に響く。

「さすが〝長〟と慕われるだけはあって地下暮らしも長いのだろう。大丈夫だ、ぼくは気にしていない。地上の礼節を大昇降機で運ぶ手間は推察する」

ブラン・マンジェはたおやかに笑い、ミトロフは堂々と立ち、カヌレは微動だにしない。アペリ・ティフだけがそわそわと落ち着きなく、視線をふたりにさ迷わせている。

「……〝長〟とミトロフ、けんか……？」

しゅんとした様子でアペリ・ティフが言う。

途端、あああ、とブラン・マンジェが情けない声をあげ、アペリ・ティフの手を握った。

「ごめんね、アティ、心配したよね、これはね、理由があって、けんかしてないからね」

矢継ぎ早に言い訳をするブラン・マンジェに、先程までの大人びた落ち着きはなく、存外に若さの途中にあるらしい、とミトロフは見る。

アペリ・ティフは頭にぺたんと耳を倒したままミトロフを見上げた。

「……ミトロフ、怒っていない？」

「ああ、怒っていない。これは、そうだな、挨拶のひとつなんだ」

「あいさつ？　へん」

「ぼくもそう思う」

嫌味を交わすのは貴族同士の嗜《たしな》みのひとつである。互いに軽口を交わすことで、互いの教養と度量を測りながらも、腹を割って話すと示し合うのだ。

もちろん嫌味のひとつも言わない社交場もあり、その時々によって会話術というのは変わる。誰が始めて、どうして今も続いているのかは、おそらく誰も分かっていない。ただ、伝統だからそうしているに過ぎない。

アペリ・ティフの感じ方がおそらくは正しい。しかし、これはこれで便利な面もあり、今のひと言で分かったことも多いのである。

「アティ、わたくしとミトロフさんが話す時間をくれるかしら」

「……分かった」

その様子を見て、カヌレがそっとミトロフに耳打ちをする。

「私も席を外します」

「……ああ」

別に気にしないのだが、と思いつつも、カヌレの毅然とした対応に、ミトロフは頷くしかなかった。

カヌレも貴人の従者を務めていた以上、会話の意味合いをおおよそ理解できる。

ミトロフとブラン・マンジェの今のやりとりは、いわば権力者同士の商談の食前酒のようなものだった。

カヌレは自らを部外者だと判断して、邪魔をしないようにと場を離れたのである。

カヌレとアペリ・ティフが距離を置いてから、ミトロフは改めてブラン・マンジェと向き合う。

「先ほどは失礼しました。確認したかったものですから」

「構わない。それで、率直に訊きたいのだが、あなたは何を求めている？　ぼくは家を追い出された身だ。できることは少ない」

ブラン・マンジェは微笑《ほほえ》んだ。ミトロフのそれは、貴族としても、商人としてもあまりに率直な物言いである。

ゆえにブラン・マンジェもまた、単刀直入に本題に至る。

「お願いごとがございます」

ミトロフは目を細めた。〝迷宮の人々〟を総括している人間が、自分に頼むべきことがあるとは思えなかった。

ブラン・マンジェは身体の前に手を重ね、背筋を伸ばして立っている。凛《りん》と表現すべき姿は、さながら社交界の華のようである。

「蟻を一四、討伐していただきたいのです」

ブラン・マンジェはミトロフにダンスを申し込むような口振りで言った。

9

ミトロフはかすかに眉間に皺《しわ》を刻み、ふむと頷いた。

「蟻とはパラポネラでは、ないんだろうな」

「ええ、もちろん。ミトロフさんに依頼したいのは、〝ディノポネラ〟の討伐です」

「聞いたことがない名だ。この階にはパラポネラしかいないはずだが」

「〝表〟ではそうでしょうね」

表、という言い回しが、ミトロフの耳に疑問を残す。

「噂に聞くところでは、ミトロフさんは〝赤目のトロル〟を討伐されたとか」

語尾に甘やかな余韻を残した言い方は、甘美なようでいてどこか胡乱《うろん》だ。

「赤目のトロルと蟻に関係があるのか？」

「赤目のトロルがどうやって階を移動していたのか、疑問には思われませんでしたか？」

「魔物の抜け道があるという噂だが」

ブラン・マンジェは鷹揚《おうよう》に頷きながら両手を広げた。

「ここがその抜け道です」

ミトロフが思い出すのは、先ほど出会った商人ポワソンが口にした単語である。

「〝特区〟か？」

「あら、ご存知なのですか。外の方々はみな〝迷宮特区〟とお呼びになります」

「……さきほど初めて耳にしたばかりだ」

「それはそうでございましょうね。知る必要のない者には知らされぬ……知識も情報もそういうものでしょう？」

ブラン・マンジェは口元に手を当てる。長い裾のために指も見えない。

「〝裏〟は、迷宮の〝表〟とはまた別の生態がございます。そして上に下にと繋がり、魔物たちが移動することも。〝表〟では封鎖された横道などございましょう？　あれはすべて〝裏〟に繋がっております」

なるほど、とミトロフは了解した。上層階の横道がいつまでも封鎖されているのは、ただ未探索という理由ではなかったのだ。

ギルドが大っぴらにしていない〝迷宮の裏〟に繋がっているために、そのままにしていたということらしい。ミトロフとグラシエがかつて見つけた横穴も、〝裏道〟だったということだ。

ミトロフの理解が及ぶのを待って、ブラン・マンジェは言葉を続けた。

「〝裏〟には、〝表〟とは違った魔物が棲《す》みます」

「それがディノポネラというわけか」

ブラン・マンジェは頷く。

「ディノポネラは、パラポネラの上位種です。体格は大きく、強力な毒を持ち、顎門《あぎと》は鋭い。わたくしたちのような庶民では太刀打ちできませぬ」

「それをどうして討伐したい？　放っておけばどこぞへ行くんじゃないのか？」

「もちろん、通常の個体でしたらそれで構いません。しかしあれは――〝羽つき《ルービー》〟なのです」

羽つき《ルービー》という言葉には聞き馴染みがある。羽の刻印を得た冒険者のことをそう呼ぶ。

ブラン・マンジェはミトロフの考えたことに思い当たったように首を振った。

「蟻の〝羽つき《ルービー》〟というのは、女王個体という意味です。文字通り、身体には羽が生えております」

「……それは、飛ぶのか？」

「いいえ。飛びません。〝羽つき《ルービー》〟はやがて自らの羽をもぎます。そして巣を作り、たくさんの蟻を生み、女王として君臨するのです」

ミトロフは昆虫の生態に詳しくはない。一般的な知識を持ち合わせているだけである。蜂や蟻は女王という存在がいる。女王は子を生み、群れを作る。やがて巣は巨大になっていく……あの大きさの蟻が巣を作ったらどうなる？

鮮明に描かれるのはパラポネラの姿である。腕がまだ痛みを訴えている。ディノポネラとは、あれよりもさらに大きいという。それが群れる様子を想像するだけで悪寒がはしった。

「それは大ごとだろう？　ギルドに救援を頼むべきではないのか」

「もちろん、本来はそうすべき事柄ですが、少々の事情がございます。もちろん説明しても構わないのですが、ミトロフさんの貴重な時間を浪費するのは申し訳なく思います」

詳しいことを教えるつもりはない、という意味である。そうした会話の裏を察することはミトロフも得意だ。

「なぜ、ぼくらに頼む？　相応《ふさわ》しい冒険者はいくらでもいると思うが」

「アペリ・ティフが、あなたを良い人だと。あの子は人となりをよく見抜きます」

嘘《うそ》ではないが、理由のすべてではない。ミトロフの見立てではそんなところである。しかしこちらを罠《わな》にかけるとか、悪巧みに利用するような様子にも思えない。

ミトロフに地位や金や権力があれば疑心も持つが、現在のミトロフは家を追い出された貴族の三男、そして駆け出しの冒険者でしかない。手間をかけて騙《だま》してもなんの旨《うま》みもない。ミトロフは客観的に自分の利用価値というものを測っている。

「〝羽つき《ルービー》〟が、わたくしたちの住処《すみか》の近くをうろつくために、ひどく困っております。見つかれば襲われますゆえ、逃げるために仕方なく住民が〝表〟に出ることもあり、それが騒ぎの種になることも懸念しております。そしてもし巣を作られれば、わたくしたちの居場所はなくなってしまいます」

逃げるために〝表〟に出るとは、アペリ・ティフのことを指しているようにミトロフには思われた。

ブラン・マンジェは裾に隠されたままの指を立てる。ローブの生地は絹のように滑らかで、立てられた一本の指の形を浮かび上がらせる。

「〝羽つき《ルービー》〟ディノポネラの討伐……報酬は、〝アンバール〟を小袋でひとつ。いかがでしょうか」

それは得か、損か。受けるべきか、断るべきか。他に狙いがあるのか、ないのか。

ミトロフは考える。考えて、それでも即決はできない。分からないことばかりである。ブラン・マンジェが持っている情報のほとんどを、ミトロフは持っていない。対抗できるわけがない。

「難儀な商談だ」

「あら、これは〝商談〟ではございません。〝商談〟とは、互いに利益を追求する商人同士で行うものでしょう」

「では何だというんだ、これは」

「ミトロフさんは冒険者、わたくしは困った街人。これは、そうですね、いわば〝依頼《クエスト》〟です」

鈴を転がすような声でブラン・マンジェが笑った。

依頼という言葉をミトロフは口の中で転がした。依頼か、なるほど。

「答える前にひとつ、いいだろうか」

「なんなりと」

「〝アンバール〟とは、何なのだ？」

おや、ご存知ないのですか、とひと言を挟んで、ブラン・マンジェはあっけなく答えた。

あれは〝甘い蜜〟なのですよ、と。

10

ミトロフは受けるかどうかを答えず、迷宮を上がった。

ブラン・マンジェに「どうかお早めに」と釘《くぎ》を刺されたが、ミトロフの腕には毒針が刺さったばかりである。言葉の棘よりもパラポネラの針のほうが恐ろしい。

地上に戻ってきて、そのまま施療院の世話になった。施療院には医師や薬師《くすし》だけでなく、神官も勤めており、怪我《けが》の大きさによって受けるべき治療が変わる。腕の良い神官であれば、切り離された手足すらも繋ぎ直すと聞く。

もちろん無料ではなく、積み上げる金貨銀貨の高さによって、命の重みが決まる。金がなければ軽症であっても死ぬ。それが冒険者の抱える事実なのだった。

ミトロフの腕の治療も、神官に頼めばひと息もせずに完全に治癒するという。もちろん持ち合わせがないので、毒抜きの治療と塗り薬をもらった。それだって安い治療費とは言えない。毒針が骨に当たっていたため、完全に治癒するまでには時間がかかるらしかった。

医者に訊けば、数日は風呂に浸かるなという。

ミトロフが腰湯ならば良いかと粘ると、それならばと医者は頷いた。

結果、いつものように湯場を訪れ、浴槽の縁に作られた腰掛けに座り、半身浴をしながら天井を見上げている。

グラシエは、この風呂をして命の洗濯と呼んでいた。

まったくその通りだと、ミトロフは思う。重い服を脱ぎ、泥と汚れをこすり取り、熱い湯に身体を沈めることで、疲れと悩みが溶けるようである。

ミトロフは風呂に入りながら、考え事をするのが習慣になっていた。湯気の満ちた薄暗い中で考えれば、悩みも湯気と一緒に搔《か》き消えてくれるような気がする。

ミトロフの頭の中には、金という悩みが消えないでいる。

地下十一階層に入ってから収穫らしい収穫がない。パラポネラを倒しても金にはならない。それどころか毒を喰《く》らい、薬と治療費で支出が嵩《かさ》んだ。

さっさと駆け抜けたいところであるが、ミトロフとカヌレのふたりだけでは、無理をして押し通るわけにもいかない。そのカヌレすら、月末にはいなくなってしまう。もう遠い先のことではない。いなくなってしまうことは寂しいが、自分がそれを止める権利もあるまい、とミトロフはため息をついた。

カヌレがいなくなったあとは、ひとりで潜るしかない。あるいは、どこかのパーティーに参加させてもらうか。

どうなるにせよ、生きるためには金が必要で、それを何とかして稼がなければならない。

そうとなれば、ブラン・マンジェの依頼は魅力的かもしれない。報酬は〝アンバール〟がひと袋。

ポワソンという商人があれほど欲しがっていたのだ。彼に売れば良い値段になるだろう。

しばらくは生活費にも困るまい。

静かで、広くて、清潔な宿にも泊まれる。深夜に枕元を這う虫に起こされ、朝まで眠りにつけない日もなくなる。

味は良くとも衛生観念のない屋台の食事で腹を壊すこともしなくていい。

擦り切れた古着に肌をかぶれさせなくともいい。

金さえあれば、全てが手に入る。自分が今求めているものは、金があれば解決できる。

〝アンバール〟が何かを訊ねたとき、ブラン・マンジェは言った。〝甘い蜜だ〟と。

気の利いた比喩だ、とミトロフは思った。

甘い蜜に、虫は集まる。〝アンバール〟という蜜のために、人が集まっている。

「お、ようやく会ったな！」

明るい声が反響した。ミトロフは天井を見ている。横にざぶんと誰かが入る。

「おーい、無視すんなって！」

それでようやく、自分が話しかけられているのだと気づいた。驚いて顔を戻せば、そこにいたのはミケルである。

〝守護者〟の部屋の前で会って以来である。ミケルもこの浴場に頻繁に訪れているようだが、なかなか顔を合わすことがない。冒険者の生活習慣は乱れがちだ。

「……すまなかった、考え事をしていてな」

「なんだ、悩み事か？　話、聞いてやろうか？」

ミケルはカラッと笑う。その気負いのない笑顔は、どうにも人の心を軽くする効能でもあるらしい、とミトロフは苦笑した。

「悩みと言えば、悩みだな」

「難しい話は分かんねえから、期待はすんなよ」

「いや、やめておこう。相談しても答えの出るものでもないだろうしな」

それはミトロフなりの配慮だった。しかし、ミケルは唇を突き出すと「はあ？」と声を高くした。

「誰が答えを出すって言ったよ？　オレは聞いてやるって言ってんの。聞くだけだよ！」

「聞くだけなのか？」

ミトロフが目を丸くする。

「当たり前だろ、お前、オレより頭いいだろ？　お前が考えても分からない悩みがオレに解決できるかよ。考えりゃ分かるだろ」

「率直に褒められているのか、罵られているのか……」

「答えは知らねえけど、お前がなんで悩んでるのかは聞いてやるって言ってんだよ。ちっとは気が楽になるかもだろ?」

その申し出は、ミトロフにとっては奇妙なものに思えた。

相談とは、つまり問題を解決するためのものだと思っていた。悩みを話す。悩みを聞く。問題は解決せずとも、気は楽になる。そういうことも、あるのだろうか。

だがミケルが自信も満々にそう言うのだから、と、ミトロフは首を傾げながらも、ぐるぐると考えていたことを話してみることにした。

「金を稼ぎたいと思っていた」

「金か。そりゃ稼ぎたいよな」

「とある仕事の依頼があってな。うまくいけば良い金額がもらえそうだ」

「いいじゃん。受けようぜ」

「ああ……そう、だな」

「なんだよ、依頼主が怪しいのか? 犯罪ごとか」

「いや、そういうこともない」

「依頼ってのはなんだ? 討伐?」

「ああ、討伐だ」

「赤目のトロルよりヤバいのか?」

比較対象を出され、ミトロフはふと考えた、ディノポネラはどれほどの強敵だろう。パラポネラの上位種……疑いようもなく恐ろしい敵ではあるが、あのときほどの強敵とは思えなかった。

「いや、そこまでではない」

「ふーん。じゃあなんで悩んでるんだ？」

なんで、と訊かれて、ミトロフは言葉に詰まった。

「……なんで、だろう？」

「はあ？　そこから分かってねえの？」

呆れた様子のミケルは頭をぼりぼりと掻いた。

「お前がなんでそこまで悩んでるのかよく分かんねえけどさ、お前って、なんのために迷宮に潜ってんの？」

「金が稼ぎたいなら、すぐに依頼を受けてるだろ、儲《もう》かるんだから」

「──なんのため？」

「それは、そうだろうな」

「ワクワクしたいなら断るかもな。赤目のトロルより弱いなら戦ってもつまんなそうだし」

「……なるほど」

「結局さあ、お前が何したいかが決まってねえからさ、細かいことでいちいち悩むんじゃねえの？」

湯の中にいながら、ミトロフは雷撃を受けたような気持ちだった。ここしばらくずっとミトロフがもやもやと抱えていた問題の核心に触れられたような気がした。

「ミケル、きみは何がしたいか決まっているのか？　どう判断するか、そんな基準があるのか？

教えてくれ」

「そりゃあるよ——面白そうかどうか、これだな！」

ミケルは立ち上がり、腕を組んで宣言した。素っ裸で仁王立ちの姿は滑稽でしかなかったが、そこまで堂々とされては、どうしてか格好良く見えてくる。

それはミケルの背に、揺るぎない一本の柱が通っているように思えるからかもしれない。

面白いかどうか。ミケルはその信念を揺るがすことなく行動している。ミケルという人間を支えている。だから迷うことなく決断し、進んでいけるのだ、とミトロフは思った。

「ぼくには、そういう信念がない。どうして冒険者をするのか、迷宮に潜るのか、判断すべき信念が、ない」

「な、なんだよ……そんなに落ち込むなって」

ミケルが困ったように頬を掻んでいる。

「ほら、お前にもあるだろ、こうしたいとか、あれが楽しいとか。自分のことなんだからさ、他のやつには分かんねえよ。そういうの」

至極真っ当なことを言われ、ミトロフは唸った。

「ぼくはこれまで、言われたことをやってきた。だから、自分でやりたい、楽しいと思うことが、よく分からない。ぼくが選んでやったのは食うことだけだ」

その結果、ミトロフの身体はずいぶんと重くなった。

迷宮でどれだけ歩いても、戦っても、汗をかいても、ミトロフは空腹に任せて食べる。食べている時間が、その行為が自分の心を守っている。

「ふうん？　じゃあ探せば？」

ミケルの呆気《あっけ》ないひとことにミトロフは首を傾げた。

「そんな丸っこい目でこっちを見るなよ。簡単なことじゃん」

ミケルは縁に腰掛けるとミトロフの顔をびしっと指さした。

「分からねえのはやったことがないからだろ？　じゃあやればいいだけじゃんか」

「だ、だが、なにをすれば」

「お前がやりたいことをだよ。もうさ、お前に何かしろって命令するやつはいないんだろ？　だったらお前が自分で決めれば良いんだよ」

「それは、そうだ。でも、それをどうやって決めればいい」

「サイコロでも転がせば？」

ミケルは手をぷらぷらと振りながら投げやりに言った。

「なにかやんなきゃ分かんねえだろ、やりたいことなんて。適当にやるかやらないか決めてりゃ、そのうち分かるんじゃねえの？」

さながら哲学のように、問題は巡っている。何をしたいか分からない、分かるためには何かをすればいい、その何かを決める方法が分からない。ならば一歩目を運に任せる……。

「そんなに投げやりで良いものだろうか」

いまだにしっくりとこないミトロフの肩を、ミケルは叩く。水気のある良い音が響いた。

「ダメだったらまた考えりゃいいじゃん」

あまりに能天気で、成功も失敗も軽んじるような言い方に、ミトロフは感心した。そういう物事の考え方を、ミトロフはしたことがなかった。

「……そう、だな。そういうやり方も、良いのかもしれない」

ミトロフは何度も小さく頷き、口の中で言葉を転がした。

自分が、やりたいこと。

そうか、としみじみ思う。もう誰にも命令はされない。誰かの期待に応えねばと努力することも、期待に応えられない自分に失望することも、誰にも期待されなくなった毎日に辟易《へきえき》することも、もうない。

自分で決めて良いのだ。自分のことを。

それがどういうことなのか、ミトロフはまだ理解しきれていない。

けれどどうしてか、手足がすっと軽くなる。湯に浸けた足から、熱が伝わっている。それは胸を暖かくする。湯場の中で身体が煙になってふわふわと浮き上がりそうな感覚に、ミトロフは言いようのない気持ちを抱いた。

天井を見上げる。そうだ、ここには天井がある。壁がある。床がある。自分は囲まれている。けれど――閉じ込められてはいない。

いつでも好きなときに出られる。入るのも自由だ。

「そうか、ぼくはもう決めているじゃないか」

些細《ささい》な気づきがすとんと腑《ふ》に落ちる。

ぼくは選んで、この湯船に浸かっている。ぼくはこの風呂が好きだからだ。風呂上がりに飲むミルクエールも、迷宮に潜ることも、ぼくは選んでいる。

それはおそらく、ミトロフが本当の意味で〝解放〟を実感した瞬間だった。

急に世界が美しく輝くわけもない。全能感に溢《あふ》れて力が湧き上がることもない。

ただ、心が少し、落ち着いたようだった。地面につけた足の感覚が分かる。だったらこの足を前に進めればいい。それだけのことのように思えた。簡単かどうかは分からずとも、自分にはそれを選ぶ自由があるのだと。

「ミケル、ありがとう」

「おう？　なんか分かったのか？」

「ああ。ぼくはきみが好きだ」

「――お前、迷宮で頭でも打ったか？」

第五幕　太っちょ貴族は手袋を握る

1

「カヌレ。ぼくはきみが好きだ」

「――ミトロフさま、パラポネラの毒が頭に……？」

　朝、ギルド前の広場で顔を合わせるなり、ミトロフが宣言した。

　カヌレは黒革の手で口元を覆い隠し、悲しげに嘆いた。

「すぐに施療院に参りましょう。わたしが付き添います」

「ぼくは正気だ。きみと迷宮に潜る日々が、ぼくはきっと、楽しいのだと思う」

「……これは、別れのご挨拶でしょうか」

　打って変わって、カヌレはしゅんと肩を落とした。

　すでに日は月末を目前にしている。カヌレの兄が迎えにくる日はもうすぐそこだった。

　それを分かっていながら、カヌレは近づく日を見ないように過ごしてきた。ミトロフもまた、目を逸《そ》らしていた。言葉にしてしまえば、その別れが足を速めて近づいてしまうように思えていた。

「いいや、違う」

　とミトロフは首を横に振った。

「昨夜、よくよく考えた。ぼくは何がしたいのか、と。ここしばらく、ずっと金を稼ぎたいと思っていた。金があれば元通りの生活に近づくことができる。それがぼくに必要なことなのだと。だが、金を稼ぐことは、大事な要素ではなかった。金のために冒険をすれば、迷宮探索はただの労働になってしまう」

カヌレはミトロフの言葉を黙って聞いている。

「きっかけは、生活のためだ。今でもそのために、金のために、迷宮に潜っている。だが、ぼくはきみと迷宮に挑むことが、楽しい。ミケルと出会い、他の冒険者たちと出会い、想像もしなかったようなものを見て、魔物に挑んで苦戦して、自分を鍛え、また挑んで……この日々が、好きだ。生まれて初めて、楽しいと、生きていると感じられる」

きみもそうじゃないか、とミトロフは訊《き》いた。

はい、とカヌレは答えた。

「わたしも、こんなにも楽しい日々があるとは、思いもしませんでした。ミトロフさまと迷宮に潜る日々は、まるで……まるで、夢のようでございました」

カヌレの声はかすかに震えていた。

呪いにより肉体を失い、それでも声は震え、涙は流れるのだろうか。

「こんな日がいつまでも続けばと、自らの境遇も忘れ、我儘《わがまま》を思ってしまいました。本当に、楽しかった。すべて、ミトロフさまとグラシエさまのおかげです」

「そうか。きみもそう思ってくれているならよかった」

ミトロフは満足げに頷《うなず》いた。それで話は終わったとばかりに、ミトロフはギルドに顔を向ける。

「では、行こうか、カヌレ。さっさと片付けてしまおう」

「片付ける、とは？」

「〝羽つき《ルービー》〟のディノポネラを倒す」

「……はい。楽しそうですものね？」

カヌレは、寂しさを押し隠した声に無理矢理楽しげな様子を載せている。日を置かず兄は迎えに来る。これがミトロフとの最後の迷宮探索になることを分かっていた。

しかしミトロフはカヌレの問いに、いいや、と否定を返した。

「――〝甘い蜜〟のためだ」

ふたりはいつものように迷宮を徒歩で進み、地下十一階まで降りた。道中の魔物たちとの戦いで身体《からだ》は温まり、強敵に挑む準備は自然と整う。

昨日、ブラン・マンジェたちと出会った横道に辿《たど》り着いた。鉄扉に手をかけるが、今日は鍵がかかっている。

そこでしばらく待っていると、期待通り、通路の向こうからアペリ・ティフが姿を現した。首から下げた紐《ひも》の先に、古びた鍵がついている。それで錠を開け、アペリ・ティフはふたりを中に招き入れた。

「……ミトロフ」

「やあ、アペリ・ティフ。ブラン・マンジェに会いに来た」

「分かってる。もう来ている……でぃのぽねら、倒してくれる？」

小首を傾《かし》げるアペリ・ティフの表情には不安げな色があった。

「やはり恐ろしいのか、ディノポネラは」

「うん。危ない。大人、いま少ない。倒せない」

「大人が少ない？」

それはどこかに出かけているということだろうか、と訊き返そうとしたとき、奥の通路からブラン・マンジェが歩いてきた。

「ミトロフさん、来てくださったのですね」

「ああ。依頼を受けようと思う」

今度は嫌味の応酬もなく、話は素直に進んだ。

「それは助かります。実は昨日の夜から、すぐ近くで巣を掘っているのです。あと数日もすれば危ういところでした」

こちらに、と、先を歩くブラン・マンジェについていく。

一本道だった横道は、次第に広がり、分かれ道も増える。右に曲がり、進み、左に曲がり……道は複雑になって、ミトロフは元の道に戻る自信がない。〝表〟よりもはるかに迷宮と呼ぶに相応《ふさわ》しい道のりだった。

ずいぶんと歩いた気がする。ふとブラン・マンジェが足を止める。指先の出ない裾余りで指さした先に、それがいた。

平たく伸びた椀《わん》型の空間である。その奥の壁に横穴を掘っている一匹の蟻《あり》がいる。

「たしかに、大きいな」

ミトロフは顎肉を揉《も》んだ。

パラポネラよりも二回りは大きく、黒々とした体格は見るからに固そうな艶々とした甲殻に覆われ、手足には黄金の短毛が生えている。その背にある一対の羽が、ディノポネラをますます大きく見せていた。

「カヌレ、やれそうか？」

「……もちろんです」

声に覇気がない。あれほどの大きな蟻ともなれば、確かに嫌気もさすというものだった。ミトロフとて先ほどから背筋がぴりぴりと痺《しび》れている。気を抜けばぶるりと震えてしまいそうだ。

ミトロフは剣を握り、意識を切り替える。

「きみが危ないときはぼくが守る。だからぼくのことも、きみに任せていいか」

「――！　はいっ、必ずや」

短い返答ながら、そこにはカヌレの決意のような熱がこもっている。

ミトロフは自分の言葉を照れ臭く思う。けれどそれは本心で間違いがなく、そう思える自分と、そう伝えられる相手がいることを誇らしく思う。

これが仲間と呼ぶものだとしたら、なんと素晴らしいことだろう。

ミトロフの人生に、こんな感情は存在しなかった。ただ傍らにいてくれるだけで力が湧く。どんな相手であろうと恐ろしくない。

ふたりなら勝てる。そう確信できる心の熱が宿っている。

ミトロフは小盾のベルトを引き締める。刺突剣を抜き、柄《つか》止めの緩みを指で改める。

カヌレは盾の握りを確かめてから、戦いでフードが乱れぬように首元の留め具を調整した。

「行こうか、カヌレ」

「はい、ミトロフさま」

ふたりは同時に駆け出した。

蟻型の魔物との戦い方は理解していたが、目の前の上位種はパラポネラほど容易《たやす》い相手ではない。

しかしミトロフは恐ろしくはなかった。

これまでに繰り返した幾多の死闘、迷宮の道中での会話のひとつひとつ、積み重ねた時間は信頼という鎖となってふたりを繋《つな》げている。

ミトロフはディノポネラの毒を充分に警戒し、カヌレの盾に頼りながら、堅実に、少しずつ、文字通り針を刺すように攻撃を重ねた。

華麗さも優雅さもない戦い方であったが、それこそが冒険者として身につけたものである。

カヌレは常にミトロフを守る位置に立ち、ディノポネラの猛攻をいなした。彼女もまた、戦いの中で奇妙な一体感を感じている。

ミトロフの動きが分かるのだ。次にどこを狙いたいのか。どう立ち回りたいのか。そのためには自分が何をすべきか。

カヌレは守る。ミトロフは剣を振る。その剣がカヌレを守っている。

ふたりは言葉のないままに意思を疎通させながら、ディノポネラを追い詰めていく。羽を裂き、脚を斬り飛ばす。

勝利が目前に見えても、ふたりは決して油断せず、侮らなかった。ディノポネラの最後の足掻《あが》きすらもかわして、ミトロフはついに蟻の首を落としてみせたのだった。

ミトロフは肩で呼吸をする。汗が顎を伝って落ちる。

ディノポネラの身体が地面に崩れ落ち、静寂が戻ってきても、ふたりはしばらく余韻に浸っていた。

「良い戦いだった」

ミトロフは感じ入るように呟《つぶや》いた。

盾のカヌレと、剣のミトロフ。ふたりは互いに頼り、支え合い、補い合った。強敵に違いないディノポネラを相手にしても、不安ひとつ抱かなかった。

カヌレもまた、思うものがある。迷宮の中で命を預け合い、自らの役目を果たすことで達成される感覚……それはひとりでは決して不可能であっただろう。

協力することで、届かなかった場所に手が届く。そんな不思議な現象に自分が寄与したことによって、カヌレにも、ミトロフにも、青い炎のような静かな高揚感が打ち寄せていた。

顔を見合わせる。繋がりはまだ切れていない。ゆえにふたりは正確に、互いの胸の中に込み上げる欲求が同じだと知った。

もっとやれる、もっと高みへ、もっと遠くへ、もっと強く……この時間を、いつまでも――。

「お見事です」

戦いが終わったのを見て、ブラン・マンジェが歩み寄ってきていた。

ミトロフはハッと意識を引き戻す。刺突剣を納刀し、振り返る。

「これで依頼は達成か？」

「もちろんです。おふたりの手際の良さ、わたくしの想像以上でした。良いパーティですね。今後にも期待できます」

ブラン・マンジェの言葉に、ミトロフは頷いた。

カヌレは俯《うつむ》いた。今日が最後の冒険なのだとは、言わなかった。

「どうしてこれの討伐をぼくらに依頼したのかは……教えてもらえないのだろうな」

ブラン・マンジェは沈黙を答えとした。わずかに小首を傾げた様子が、フード越しに伝わった。

何か理由はあるはずだ、とミトロフは察している。

ミトロフが察していることを、ブラン・マンジェは分かっている。

それでも話さないのであれば、考えても仕方のないことだろう。知る必要のないこと、そのときでないというだけである。どちらにせよ、この依頼を受けると決めたときに、ミトロフは深くは訊かないと決めていた。

「報酬は、あれか？」

「ええ、ここでお渡ししましょう。アティ」

アペリ・ティフが後ろに控えていた。胸に麻袋を抱いている。

こちらにやってきたアペリ・ティフが、ミトロフの前に立った。

「ミトロフ、私も感謝、する。これで道を歩ける」

「また兎《うさぎ》に襲われないようにな、気をつけろ」

「襲われない。そんなにまぬけじゃない」

アペリ・ティフはツンと唇を尖《とが》らせた。獣耳もまた、不満を示すように忙《せわ》しない。

ミトロフは笑った。初めて会ったときは無愛想に思えたアペリ・ティフも、ずいぶんと表情豊かになったようだ。

「ご存知でしょうが〝アンバール〟は貴重です。お取り扱いにはご注意くださいませ」

「ああ、大丈夫だ。使い道は決めている」

「あら……参考までにお聞きしても？　お金の扱い方で、人となりが分かるといいます」

アペリ・ティフから麻袋を受け取りながら、ミトロフは笑った。それがブラン・マンジェへの答えだった。

2

迷宮から上がる。ギルドの受付カウンターで手続きをしてから、外へ向かうために広間を横切る。

そこで、ふたりは彼を見つけた。

広間の中心に全身鎧《よろい》が立っている。鏡面のように磨き上げられた白銀の騎士甲冑《かっちゅう》は勇ましく、しかし冒険者ギルドにあってはひどく不釣り合いだった。

「……兄さま」

カヌレが小さく声に出した。驚きよりも諦めの含まれた、か細い声だった。

騎士がミトロフとカヌレを待ち構えているのは疑いようもない。ふたりは騎士の元へ向かった。

「存外に早かったな」

騎士が平然と声をかける。

「いつから待っていたんだ？」

「なに、ほんの二時間前だよ」

二時間、衆目の中で立ちっぱなしだったらしい。恐ろしい胆力だな、とミトロフは呆《あき》れた。

「約束の日まで時間はあると思うが？」

「もちろん覚えているとも。しかし、場所と時刻を指定するのを忘れていたと思い出してね。話を詰めるために待っていた。ここで待っていれば、いつかはやってくるだろうと思ってな」

たしかに、場所も時間も決めていなかった。ミトロフもカヌレも、騎士が来ないでくれるならそれに越したことはないと思っている。自分から指定する理由もなかった。

「さて、どうする？」

騎士はカヌレに訊《たず》ねた。

ミトロフはカヌレを振り返った。

カヌレはじっと足元を見ている。拳は握られている。

迷宮に挑む日々。夢のような現実が終わろうとしていた。逃げ出した未来がついにカヌレを捕まえたのだ。

「――今、参りましょう」

と、カヌレが言った。

「それでいいのか？」

と騎士が訊き返した。

「はい。名残惜しくなってしまいます」

周囲には冒険者たちが行き交っている。ミトロフたちに目をやることはあっても、誰も足を止めず、どこかへ向かい、どこかへ帰っていく。誰にでも行く場所があり、帰る場所がある。

それはカヌレも同じで、帰らねばならない場所というものがあるのだ。ミトロフもそれは分かっていた。

カヌレはミトロフに顔を向けた。

「ミトロフさま――わたしは」

と、言葉に詰まる。込み上げる何かを堪《こら》えるように喉が鳴る。

「……申し訳ありません。良き言葉を、持ち合わせておりません」

声に涙が混じるのはどうしてだろうか。悲しみか、苦しみか。喜びではなく、辛《つら》さのためか。

「きみは、思いのほか泣き虫のようだ」

ミトロフは言って、懐からハンカチーフを取り出した。それをカヌレに差し出す。

「わたしは、涙は」

「受け取れ」

ぐいと突き出されたそれをカヌレは戸惑いながら受け取った。

ミトロフはカヌレに一歩寄る。

「代わりと言ってはなんだが、手袋をひとつもらえないか」

「……手袋、ですか？」

カヌレは戸惑いながらも素直に従う。ローブの中に手を隠し、片方の手袋を外すとそれをミトロフに渡す。

「これは、餞別《せんべつ》の交換ということでしょうか……」

やけにしょんぼりとした声に、ミトロフは答えなかった。表情は真剣で、視線は鋭い。ディノポネラと戦ったときよりもずっと緊迫した空気を纏《まと》っていることに、カヌレは気づいた。

「ぼくはきみに謝る必要があると思う。今からぼくは、ぼくの勝手で振る舞う」

「ミトロフさま――？」

「ぼくは自分がどうしたいのか、ほとんど分からないで生きてきた。だが、これだけは間違いなくやりたいことだと分かったんだ。ようやく今、覚悟が決まった」

ミトロフは踵《きびす》を返した。仁王立ちの騎士に向かって歩き、真正面に立つ。顔の見えない兜《かぶと》を睨《ね》め上げる。

「契約満了日よりも早いが、問題はないだろう？」

と騎士が言った。

「ああ、むしろちょうどいい」

とミトロフは頷いた。

「ふむ――？」

ミトロフは、手にしたカヌレの革手袋を顔の横に掲げてみせた。

それはミトロフが幼いころに何度となく教えられながらも、生涯それを行う機会はないと思っていた作法だった。

心臓が胸を押し上げるほどに鼓動が強かった。手にも背中にも冷たい汗が噴き出している。

目の前にいるのは、騎士である。

戦うために生まれ、戦うために磨き抜かれた銀の剣である。魔物など、騎士に比べればどうというのだろう。こうして対峙《たいじ》しただけで分かる気配というものがある。挑む前から、結果は明白だ。

それでもなお、引いてはならないときがあると知っている。

ミトロフは握った手袋を騎士の足元に放った。

「ぼくはあなたに――〝決闘〟を申し込む」

背後でカヌレが息を呑《の》む音がした。

3

「ほう」

と、ひと声。まるで驚いた様子もなく、騎士は頷いた。

「何を賭けて剣を握る?」

「ぼくが勝てば、カヌレをもらう」

「であろうな。では私が勝ったら?」

「〝アンバール〟の小袋をひとつ」

「なに……?」

そのときばかりは騎士の声に驚きと疑念が混じった。

それは小さな確信だった。ミトロフは正体を知らねど、〝アンバール〟に価値があることは分かっている。

カヌレが〝アンバール〟を知らなかったことと、ポワソンの言葉から推測するに。〝アンバール〟はごく最近、それも権力者の間でだけ、需要が高まっているに違いなかった。

ミトロフは知っている。権力者……貴族というのは、希少なものに目がない。そして流行を決して逃さない。

常に真新しく、価値のあるものを探し、それを手に入れるために余念がない。周りの貴族たちに見せつけることで己の地位と権力という格を示す格好の手段だからだ。

〝アンバール〟はその道具として重宝されているに違いない。

そして、カヌレが有力者の従者をしていたであろうことと、見るも高貴な甲冑からすれば、この騎士もまた必ず有力者と繋がっている。

ならば〝アンバール〟の価値を正しく認識しているはず、と。

「証拠はあるか？」

ミトロフは腰に下げた小鞄《かばん》から〝アンバール〟をひとつ取り出した。投げると、騎士は空中で摑《つか》み取り、じっくりと眺めた。

「なるほど。偽りではないようだ」

投げ返された〝アンバール〟を、ミトロフもまた空中で摑み取……れず、出っ張った腹に当たって床に落ちた。

「……」

「……」

ミトロフは屈《かが》み、〝アンバール〟を拾い、小鞄に戻す。

「……ぼくが勝てば、カヌレをもらう。あなたが勝てばこれをひと袋」

ミトロフは何事もなかったように条件を繰り返した。

「興味深い話だが、貴公は私に勝てると思っているのか？　魔物を相手にするのとは訳が違うぞ」

「もちろん分かっている。今までのぼくなら、きっとこんな選択はしなかった。結果は見えているさと言い訳して」

「蛮勇を得たと。それとも愚かになったか」

「まだこの手に握っているものを守るためなら、ぼくは愚かさも厭《いと》わない」

「たとえ死ぬとしても？」

騎士の声は平静だ。ゆえにそれが脅しでなく、ただ当たり前の可能性として存在するのだと告げていた。

決闘とはそういうものだ。立会人の前で両者が合意して行われた決闘においては、どんな結果になろうとも罪には問われない。死は平等にそこにある。

ミトロフは口の中がからからに乾いているのに気づく。飲み干す唾液すら出てこない。怖かった。今すぐに逃げ出したい自分がいた。それは昔の自分だった。いつも何度も、逃げてきた。だから何も残らず、何も手にせず、空っぽのままだった。

「逃げた後悔を噛《か》み締めて生きるよりはマシだ」

ミトロフは恐怖に堪えるように言った。

「死中と知って挑むか。その意気や良し――しかし力量の差はあまりに明白だろう。弱者を叩《たた》きのめすために我が剣は振るえぬ」

「……だったら、譲歩をもらえないか」

ミトロフの言葉に、騎士は黙って続きをうながす。

「かつて貴族の決闘においては、力量差のある者同士の戦いも珍しくなかったと聞く。両者の合意によって、勝敗の決着法はときに変化したと」

それは歴史書の中でのみ言及されるような古い掟《おきて》だった。貴族がまだ、己の矜持《きようじ》を細剣に賭していた時代のこと。

剣を握って決闘はすれど、貴族とはそもそも戦闘者ではない。家督を背負って死ぬわけにはいかぬ者もいれば、酒のグラスより重いものを持たぬ者もいた。それでも貴族として、剣によって立ち向かわねばならないときがあった。剣を交えるまでもなく実力差が明確なときには、その勝敗の決め方に条件をつけることがある。

ふ、ふ、ふ、ふ、と。騎士甲冑の中で笑い声が響いた。

「貴公には、戦う者としての矜持はないのか？　この時代にあって、決闘を挑みながら譲歩を求めるとは」

「矜持？　そんなものはない。ぼくは勝つためにならなんでもする」

ミトロフは堂々と立っている。恥も外聞もなく、心持ち胸を張り、顎を上げ、腕を組み、まさに貴族としての威風である。

再び、ふ、ふ、ふ、と騎士は笑う。笑いながら膝を落とし、黒の革手袋を拾った。それをミトロフの足元に投げ返す。

「よかろう。貴公の剣が私の身体に届けば、それで負けを認めよう。これ以上は譲歩のしようがない」

騎士は笑みを止めた。

途端、ミトロフは空気が変わったことを知る。

冷えている。覇気、熱気、殺気……そんなものはない。ただ、騎士は冷え冷えとしている。静かに、夜の湖面のように凪《な》いでいる。

「――さあ、〝決闘〟をしよう」

4

三人は場所を移した。そこはギルドの中庭である。ミトロフが小盾の講座を受けた場所は、人目にもつかず、地面も整い、決闘をするのにちょうどいい場所である。

ミトロフは受付嬢にまた講座を受講したいとささやかな嘘《うそ》を伝え、この場に通してもらった。講師として再びソンが連れてこられたが、手短に訳を話すと興味もなさげに「好きにしろ」と鼻を鳴らして壁際に寝転んだ。時間いっぱいまではここで仕事をしたという言い訳のためである。

騎士はすでに待っている。準備もなく、構えもない。ミトロフも向かおうとはしているのだが、カヌレが立ちはだかり、どうしても行かせてくれないでいる。

「なりません。ミトロフさま、兄は化け物なのです」

「赤目のトロルより強いのか？」

「比べることが愚かなほどに」

ミトロフは茶化したつもりなのだが、カヌレは真剣に返答した。ミトロフも態度を改める。

「……強いのは、分かる。いや、分かるつもりだ」

「失礼を承知で言わせていただきます。ミトロフさまでは、剣先ひとつ届くわけがありません」

「きみはそう思うんだな」

と、ミトロフは余裕の表情で言った。頼もしくも見えるが、それが無理をした虚勢だということはカヌレにも分かる。

「たしかにミトロフさまは迷宮で〝昇華〟を得られているのかもしれません。ですが、兄はその程度ではどうにもならないのです」

「きみが臆病なのはよく分かった。心配はありがたいが、そこに座っていてくれ」

「ミトロフさま！」

「なあ、カヌレ――きみのやりたいことはなんだ？」

「――え？」

ミトロフはすれ違いざま、カヌレの肩を叩く。

「行ってくる」

「お、お待ちください！」

ミトロフは振り返らず、騎士の元へ向かった。

兄は化け物なのです。

カヌレの声が耳に残っている。

カヌレは、強い。そのカヌレが化け物と言うのだから、騎士はもっと強い。

勝てるわけがない。

ミトロフはそれをよく分かっている。絶対に無理だと、自分の弱さが声を上げている。

怖い。ただ、怖い。

手が震えている。

足が震えている。

今にも漏らしてしまいそうだ。

絶対に勝てないと分かっている相手に、それでも挑む自分の愚かさ。なぜ自分はそんな愚かなことをするのかと、何度も自問している。

ミトロフはふわふわと覚束《おぼつか》ない足で砂地を踏む。騎士の前に立つ。小盾のベルトをキツく締める。

「ここで取り下げても良い」

騎士が柔らかな声で言う。

それはおそらく、慈悲だった。

恐れていることを見抜かれていると、ミトロフは察した。

自分の弱さを知られている。

当然だ。

騎士と比べて、自分はどうだろう。

身体は弛《たる》み、鍛錬が足りず、積み重ねたものは何もなく、己を支える背骨は薄く、経験も浅い。

戦う前から分かるというものだ。これは無駄な行いだ、と。

一撃、届けば勝ち。希望に見えたその条件すら、遥《はる》かな高みなのだと思いしらされるだろう。不可能だと泣き喚《わめ》く自分がこの胸の中にいる。

ミトロフは強く剣を握った。

抜き、下段に払い、空気を切る。

弧を描きながら眼前に構え、剣を垂直に立てる。掲げた細剣は貴族の証《あかし》である。

それは戦うという意思。命を賭け、立ち向かうための構えである。

「よろしい」

騎士は頷き、剣を抜いた。それは変哲もない直剣である。騎士もまた決闘儀礼のために構え、それからゆるりと力を抜いた。ほとんど自然体のその立ち姿は、舐《な》められているのか、そうした構えなのか。

ミトロフは分からない。だから、進むしかなかった。

震える足を強く踏みつけ、ミトロフは刺突剣を向けた。

騎士は避《よ》ける。

ミトロフは斬り払い、突き込み、振り下ろす。がむしゃらと呼ぶほどに荒々しく振るう剣は、しかしすべてが空を切る。

騎士は足捌《さば》きだけで躱《かわ》している。

ミトロフの剣が触れたら負け。その条件を分かっていてなお、切っ先のわずか先にいる。剣筋を完璧に見切られている。

ミトロフは次第に息が上がる。汗が流れている。

体重を乗せた突きを躱されたとき、騎士の腕が動いた。ミトロフは咄嗟《とっさ》に小盾を構えた。

衝撃。

「ぅぷっ」

踏ん張る、ということができない。下段からの剣は、盾ごとミトロフを跳ね上げた。足が浮いた。

ついで、身体が地面に引き寄せられ、たたらを踏んでミトロフは転がった。

すぐさま立ち上がる。剣を構える。騎士は動かずに待っていた。

「まだやるか？」

「——当然だ」

ミトロフは駆ける。

剣を突き、払う。ミトロフにはそれしかできない。剣は届かない。

騎士は思い出したように剣を振るう。ミトロフはそれを愚直に盾で受け止める。その度に身体は跳ね飛ばされ、惨めに地面を転がった。

身体中が砂にまみれて汚れ、手足を擦りむき、それでもミトロフは立ち上がる。

四回、五回、六回……十を超えて、ミトロフは転がった回数を数える余裕がなくなった。

息が落ち着かない。

息が掠《かす》れ、肩が上下し、顔中に汗が噴き出して顎から滴り落ちている。

また転がり、うつ伏せて止まる。盾を地面に押し付けるように身体を起こす。騎士は立ったままミトロフを見下ろしている。

ひぃ、ブヒ、ぜひゅ……。

口の中に土を噛んでいる。つばを吐き出す余裕もない。

呼吸は荒く、速く、鼻も口も開きっぱなしだ。口の端に泡が浮かび、流れ出た鼻水すらそのままである。

ミトロフは重たい身体を引っ張り上げ、剣を構える。

「貴公は」

と、騎士が口を開いた。

「戦い方が貴族らしくないな。誰に学んだ？」

「……ひっ、冒険者の、はぁ、男だ……っ、ぶひ……」

「冒険者か。どうりで泥臭い剣を使う」

幼いころのミトロフは、剣に夢中だった。かつては貴族がすべからく身につけるべき教養であった決闘儀礼も、今の世では誰も重視しない。貴族はもう決闘などしない。

故に、ミトロフにあてがわれた家庭教師は、元冒険者だという男だった。身元も定かではなく、言葉遣いも粗野だったが、ミトロフをよく鍛えた。稽古のたびに何度となく、遠慮もなく、ミトロフを打ち転がした。

「ぶひぃ、ぶひぃ……ブヒ、ひ、ひっひ……」

思わず笑う。

ああ、懐かしいな、とミトロフは思い出す。疲れ果てた身体と、足りない酸素と、全身の痛みに、意識がゆるく解けている。普段は見つけることのない過去の記憶が、思いがけず鮮明に蘇《よみがえ》っている。

あのころもこうして、地面に転がって、それでも立ち向かっていった。父に顔を顰《しか》められ、乳母に心配され、母にそれとなく止められようと、止《や》めなかった。

「あれはきっと……好き、だったのだろうな……」

剣が？　違うな……。

ミトロフの中で言葉が漂《ただよ》っている。ふわふわと。

重たい足を引っ張り、ミトロフは挑む。騎士に向けて剣を突き出し、避けられ、再び打たれる。

無意識に盾を挟む。講座でソンに散々に教え込まれたことである。

そういえば、あのときもこうして地面を転がされたな。ソンも強かった。

地面を転がりながら場違いなことを考えた。もはや痛みも衝撃もよく分からない。

ごろごろと転がって、仰《あお》向《む》けに止まる。

空を見上げ、ああ、夕暮れだなと考えた。

迷宮の中で見る茜色《あかねいろ》とは、やはり色合いが違う。けれどこの夕暮れに、なぜか見覚えがあった。

ずっと昔の記憶に同じ空がある。

ひどく眠かった。全身が泥のように溶けてしまいそうだ。

もう充分、やったんじゃないか？

自分に言い聞かせる声がする。

──ふと、寝転んだ自分を覗《のぞ》き込む顔がある。

男だ。髭面《ひげづら》で目つきの悪い男が、焼けるような夕暮れを背にして、呆れた目で自分を見ている。

「どうした、お坊ちゃん。もうおしまいか？」

「……身体が重いし、眠いんだ」

「やれやれ、それじゃあこの剣はやれねえな」

男が握っているのは刺突剣だった。いや、それはぼくの剣のはずだ……。

「……無理だ、ぼくは子どもだぞ、大人のお前に勝てるわけがない」

「先っぽ掠めりゃお前の勝ちだってのにか」

「……それだって無理だ」

「これだから貴族のお坊ちゃんは困る。良い言葉を教えてやろう──〝一、刺、報いる〟。どんなに困難でも、一刺なら届く。大事なのは」

「……大事なのは？」

「根性」

「……根性論？　非合理的だ」

「──さま！　ミトロフさま！」

像が重なる。髭面の男の輪郭が、そのまま黒いフードに変わっていく。

少女が、自分を見下ろしている。長い白金色の髪が垂れ下がり、毛先がミトロフの鼻をくすぐった。少女の白く滑らかな頬には涙の筋がある。水をたたえた瞳の透けるような黄色は、まるで──

「〝甘い蜜〟のようだ」

「――ミトロフ、さま？」

ふっと像が鮮明になる。フードの奥に白骨の顔がある。

「……カヌレ、きみはずいぶん美しいな」

「な、なにをおっしゃっているんですか!?　お気を確かに！　もうお止めください、これ以上は、どうか……！」

「そうだな」

と答えて、ミトロフは身体を起こす。立ち上がる。膝が震える。それでもまだ、手は刺突剣を握れる。

「ミトロフさま！　無理なのです！　兄には勝てません！」

「ああ、ぼくは勝てない」

「ではどうして……っ！」

カヌレはもはや縋《すが》り付くようにミトロフの腕を押さえた。声は震えていた。その頰に涙が流れているのを、ミトロフは夢うつつに見たようである。

「ぼくは、知っているんだ」

ミトロフは言った。擦りむいた頰から血が流れている。

「一刺は届く」

ミトロフは剣を見せる。無骨な刺突剣である。

貴族の剣でありながら魔物を打つために拵《こしら》えられた変わり種。美麗な装飾もない無骨な塊。それはかつて、ミトロフの師であった男が持っていた剣だ。

「これは、ぼくの証なんだ。すっかり忘れていた。この剣は、ぼくが唯一、自分の手で摑んだものだった……届くんだ。どんなに不可能に思えても、どんなに無様でも、挑めば、いつかは届く——〝一、刺〟、それでいい」

ミトロフは自らの腕を摑むカヌレの手を見る。片手の手袋はまだミトロフの懐にある。カヌレの骨の手は剝《む》き出しになっている。その手に、ミトロフは自分の手を重ねた。

「ぼくは、諦めていた。なにもしようとしなかった。与えられた世界で生きているだけだった。でも、ぼくはずっと、挑みたかったんだ。自分にできないことをしたかった。勝てなくとも、不可能と思えても、挑めば手に入るものがあると、あのときに知ってしまった」

ミトロフはカヌレの顔を見つめた。

もうあの幻覚は見えない。それでもそこに、カヌレの瞳があることを分かっている。

「カヌレ、きみは〝剣〟を持っていない。だから諦めてしまうんだ……ぼくが見せてやる。一刺は届くんだ。ぼくらは、挑んでいいんだ。誰に言われようと、諦めることはない……だから見ていろ、ぼくを」

ミトロフの頭はぼやけている。なにを話しているのか、自分でも分からなくなっていく。胸の奥から溢《あふ》れたものをそのまま吐き出している。

ミトロフはカヌレの手をほどき、騎士に向かう。騎士は変わらず、揺るぎもせず、そこに立っていた。

「待たせた」

「構わない」

ミトロフは剣を払う。弧を描いて回し、眼前に掲げる。重みに手が震え、カタカタと剣身が鳴った。

「貴公は――きみは、どうして他人のためにそこまで戦う？　その振る舞いは貴族というよりは古い騎士のようだ」

「知らん」

とミトロフは言い捨てた。

「ぼくが何者かなんてどうでもいい。ぼくは、カヌレと冒険を続けたい。もっと新しい世界を見たい。障害があるなら、押しのけるだけだ」

ミトロフは足を踏み込んだ。力はもう、いくばくも残っていない。それでも残っているものがある。

「――大事なのは、根性」

「根性論ではどうにもならん」

ミトロフは踏み込む。細剣は空を刺す。騎士は剣を振るっている。ミトロフには見えている。

〝昇華〟によって得た思考の冷静さが、小盾を掲げろと言っている。

しかし、腕があまりに重い。間に合わない……。

「——ッ」

そこに割り込む影があった。カヌレだ。

剣を丸盾で弾《はじ》き、押し返した。騎士は軽やかに後ろに引いた。

「騎士たる者が決闘に割り込むとは」

「——わたしは、もう騎士ではありません」

カヌレは丸盾を手に、ミトロフの前に立つ。ミトロフはその小さな背が震えているのを見た。

「わたしは……まだ、ここにいたいのです。騎士としてではなく、〝カヌレ〟として、この方をお守りしたいのです」

カヌレは残った手袋を抜く。白骨の両手が露《あら》わになる。その手袋を、騎士の足元に投げ捨てた。

「——〝決闘〟を、申し込みます。わたしはミトロフさまの盾。共に戦います」

「兄である私と戦う、と?」

「はい」

「お前はなにを賭する?」

「この命を」

決然とした声だった。

騎士はしばし黙り込み、やがて、手袋を拾い上げた。手の中を見つめ、わずかに一度握ったかと思うと、それを投げ返した。

「よかろう。ふたり同時に来い」

そこで初めて、騎士は剣を両手で握り、正眼に構えた。

「ミトロフさま、勝手をお許しくださ い」

カヌレが盾を構えながら呼びかけた。

「でも、これはミトロフさまのせいですからね」

「……ぼくのせい？」

「わたしにお与えくださったからです」

「なにも与えた覚えはないんだが」

「いいえ、いいえ。たくさんのものを頂きました。わたしは、あなたに希望を見てしまった。この目で確かめたいのです。ミトロフさまの剣が、兄に届くのを」

「そうか」

「だから、どうかわたしに盾を務めさせてくださいませ」

「分かった。任せる」

ひとりではない。だから、できることがある。

ミトロフは疲れ切った身体の内に、どこからか沸き立つ力を感じた。

先程まではもう無理だという思いがあった。

今ではまだやれると、思う自分がいる。

ひとりで背負う必要はなかったのだ。心は軽くなり、燃えるような熱を宿す。

「ぼくらは、パーティだ」

「はい！」

騎士が来る。

振るわれる剣は先ほどよりもはるかに鋭い。しかしカヌレはそれを的確に、冷静に弾く。金属音と火花が舞う。騎士の猛撃にカヌレは引かない。

「む」

疑念。あるいは違和感。騎士は剣筋を変える。踏み込み、力を込めた一撃。それすらもカヌレは受ける。足は地面に着いている。

兄妹はこれまでに数え切れぬほどの模擬試合を行ってきた。ただの一度もカヌレが勝ったことはない。

だが今のカヌレは呪われた身。人の姿を失った代わりに、魔物の力を手に入れた。その膂力《りょりょく》は盾を支え、カヌレの意志を鉄の壁に変えている。

「──ぁぁッ！」

盾と剣の鍔《つば》迫《ぜ》り合い。押し勝ったのはカヌレである。騎士は一歩、足を下げた。

カヌレの背後で力を溜《た》めていたミトロフが躍り出る。

騎士の利き腕とは逆に位置を取り、鋭く、最短を狙い、突く。しかし、避けられる。

ミトロフの息に合わせカヌレが盾を振るう。しかし、剣で押し戻される。

まだだ──と、ミトロフは考えている。

この戦いが始まったときから、勝機はひとつしかあり得ないと分かっていた。

ミトロフは姿勢も低く踏み込み、細い針のような剣で斬りあげる。

騎士は躱す。ミトロフを狙って剣を振るう。

まだだ——。

カヌレが割り込み、剣を弾いた。ミトロフは逆側に踏み込み剣を打つ。

騎士は躱す。拳でカヌレの盾を押し除《の》け、ミトロフとの間合いをこじ開ける。

カヌレが盾を振るう。騎士が剣で受ける。ミトロフが騎士の脚を狙う。騎士は脚を浮かす。カヌレが盾で騎士の顔を打とうとする。騎士は姿勢を下げる。ミトロフが騎士の腹を狙う。剣で弾かれる……息をする間もない攻防。すべてを騎士は防ぎ、躱し、反撃する。

まだだ——。

一瞬すら気の抜けない緊張の中で、ミトロフとカヌレの意識が繋がっていく。ミトロフの意図を、カヌレが察する。カヌレの動きに、ミトロフは対応する。

互いに知っている。そのリズムを共有している。ステップを合わせ、右へ、左へ、動きを支え、呼吸を合わせ、くるくると回るそれはさながら、ふたりで踊るワルツのように。

ミトロフの精神は研ぎ澄まされていく。体力は底をついている。しかし根性が、ミトロフを動かす。

ふたりの動きは洗練されていく。攻撃と防御が一体となっていく。カヌレが盾を、ミトロフが剣を。呼吸はついにひとつに重なり、そして。

カヌレが騎士の剣を弾いた刹那、ミトロフの細剣が騎士を脅かした。

「――」

騎士が反応する。

それは理性でなく本能である。鍛え抜かれた戦う者としての習性が、危険を察知して反射で動く。

ミトロフの剣を受け流しながら反撃に移る。

ミトロフの想像もつかぬほど積み重ねた修練の果てに染み付いたその動きは、もはや本人の意思とは関係がない。考えるよりも早く振るわれた剣は、確実にミトロフを討ち取るための一撃である。

死の予感を纏った騎士の反撃。

――来た、ついに。

だからこそミトロフは、これを待っていた。

騎士が手加減をすることは分かりきっていた。自分のような存在に対し、本気を出すまでもない。

手加減とは余裕だ。余裕のある人間に隙はない。

一瞬でいい。相手の余裕を奪うことができるか。騎士に〝手加減のない攻撃〟をさせることができるか。そこにしか勝機はないとミトロフは踏んでいた。

騎士の剣撃は恐ろしいものだった。しかし、ミトロフはそれを迎え撃つ。

〝昇華〟によって強化された冷徹なまでの精神力が恐怖を塗りつぶし、足を前に踏み込ませた。

歯を食いしばる。最後の力の全てで柄を握りしめる。痛みを耐える覚悟を、もうしている。

騎士の剣を見ている。冷静に、静かに加速した精神はこの一瞬だけ時を緩め、剣筋を確かに見定める。

来る場所に、小盾を置く。それが使い方だ――。

ミトロフは小盾を掲げた。そのまま、さらに前に出る。同時に刺突剣に体重を、思いを、全てを込めて、腕を突き出す。それは優雅さとは無縁の体当たりに等しいものだった。

左腕に衝撃が走る。小盾が鈍い音で割れた。

構わないとミトロフは思った。初めから知っていたことだ。盾が割れようと、腕が砕けようと、好機は相討ちの狭間《はざま》にしか存在しない。

届け、とミトロフは叫んだ。

ただ一刺。

――そこでミトロフの意識は途絶えている。

5

枝を振っていた。

遠い昔の記憶を、ミトロフは夢に見ている。

暴風に荒れた日の翌朝のこと、庭には木々の枝が散乱していた。庭師と手の空いた使用人たちでそれを集めている。

ミトロフはその中から手頃な枝を見つけた。

――母上、見てください。

ミトロフは枝を振るう。習い始めたばかりの剣術の型を見せる。

——まあ、ミトロフ、勇ましいことですね。

母は微笑《ほほえ》んだ。微笑んでいた、はずだ。

夢の中であっても、母の顔をミトロフはもう思い描けない。

——これで母上を守って差し上げます。

——ならば、強くならねばな。守るためには力が必要だぞ。

そう言って、誰かがミトロフの頭に手を置いた。見上げれば、それは若かりし父である。柔らかな顔でいる。もう長らく、そんな表情を見た覚えはない。

——ミトロフ、お前には剣の才能があると聞いている。しっかり励みなさい。

——はい、父上！

ああ、この言葉か、とミトロフは笑った。

だから自分は、剣を振るうのか。

すべてが今に、繋がっているのか。

遠い思い出の中に置いてきた言葉を、すっかり忘れてしまっていたらしい。

ふと、意識は目覚めた。

目を開けると、そこは病室である。壁にかけられたランタンひとつばかりが明かりで、部屋は深い青に沈んでいる。窓にかかったカーテンが夜風を孕《はら》み、ゆったりと揺れていた。窓の外ではとっくに夜が深まり、月には雲が被《かぶ》さっている。

「――ミトロフさま、お目覚めですか」

その呼び声に、ミトロフはふっと視線を向けた。

窓とは反対側にカヌレが控えていた。

「カヌレ、ぼくは」

「兄さまの剣を受け、意識を失われたのです。無茶をなさいました」

咎《とが》めるような口振りであるが、どこか声音は優しい。

「左腕が千切れかかっておりました」

カヌレは優しく、尋常でないことを言う。

「……冗談か？」

「いえ」

「見てもいいか。ぼくの左腕」

「どうぞ」

力を込めるのが恐ろしく、ミトロフはそっと頭を起こして左腕を見る。包帯が巻かれ、その上に石膏《せっこう》を塗り固められている。

「……とりあえずは、まだ付いているな」

「神官に依頼し、治癒の魔法で繋げていただきましたので」

「……それは、随分と金がかかったろうな」

「致し方ありません。ミトロフさまの腕にはかえられませんので」

それはそうだ、とミトロフは頷き、枕に頭を沈めた。

うっすらと、察するものがあった。

「ぼくは、届かなかったか」

天井を見上げながらミトロフは呟いた。

カヌレがあまりに冷静である。自分の腕は千切れかけである。ここは病室である。勝ったとは思えなかった。

「すまなかった、カヌレ」

謝るミトロフの頭上に、カヌレは手を差しかけた。黒革の手袋は拳のように握りしめられている。

眉間に皺《しわ》を寄せるミトロフに見えるように、カヌレは手を開いた。指で摘《つま》んでいるものがある。

それは赤い房飾りだ。

「兄さまから伝言がございます――見事、と」

「……なんだって?」

ミトロフは慌てて身体を起こし、左腕に響いた激痛に悲鳴を上げた。

「ミトロフさま! 魔法は効いていますが、一週間は安静にしているようにとのことです。痛みますか?」

石膏で固められた左腕の中に、棘《とげ》だらけの鉄球も練り込んだような痛み。ミトロフは涙目で耐えながら、なんとか右腕だけで上半身を支えた。

「散々な扱いに左腕が苦情を訴えているんだろう……そんなことより、それは? ぼくの剣は届いていたのか？」

はい、とカヌレは頷いた。

「これは兄さまの剣帯の飾り紐です。ミトロフさまの一刺は、兄さまに届いたのです」

飾り紐――おそらくはミトロフの最後の剣もまた、躱されたのだろう。しかし騎士の急激な動きに跳ねた剣帯の紐を、よく研がれた剣先がかすめ取ったらしい。

ミトロフは笑う。全身を脱力感が包んでいた。

――果たして剣帯の飾り紐は、騎士の一部かどうか？

怪しいところではあるが、騎士が負けを認めた。ならば、ミトロフもまたこれは勝ちと受け入れて良いのだろう。

「カヌレ、きみの兄君は、恐ろしく強いな」

「はい。わたしは一度とて勝てたことがありませんでした」

「だが今回は、ぼくたちの勝ちだ」

「――はい。ミトロフさまの一刺、たしかに見届けました」

ようやくその声に喜びが混じる。

ミトロフはカヌレを見る。すっかりフードに隠された下に表情は見えず、それが不便と言えば不便ではあるが、もう慣れたものである。

「カヌレ、これできみは自由だ。好きなことをするといい。できれば一緒に迷宮を探索してくれると、ぼくは助かるが」

「好きにして、よろしいのでしょうか」

「もちろんだ。きみに指図する人間も、家も、もういない」

「で、あれば」

と、カヌレは椅子を立った。丸盾を取り、カヌレはその場に膝をついた。

月にかかっていた雲が流れる。背後の窓から透き通るほどに鮮やかな光が差し込んだ。ミトロフは月明かりに照らされたフードの奥に、再びカヌレの本来の姿を垣間《かいま》見たような気がした。

「わたしはただのカヌレとして、ミトロフさまの盾となりたい。あなたが何をするのか、どこまで行くのか、それを一番近くで見届けること……それが、今のわたしの望みです」

——お許しいただけますか。

カヌレは丸盾を両手で捧《ささ》げ持った。それはさながら騎士の叙任式のようである。

騎士の象徴たる剣はなく、捧げるのは盾であるけれど、それがカヌレらしいと、ミトロフは笑う。

ミトロフは右腕で丸盾を受け取る。本来ならば騎士の肩を叩いて声をかけるが、ミトロフにその丸盾は重すぎた。

まったく、格好がつかないな……と苦笑しながらも、丸盾を返した。

「——許す。よく励んでくれ」

「——はいっ」

「ただし、ぼくらはあくまで仲間だ。対等だからな」

「かしこまりました」

頷きながらもカヌレは跪《ひざまず》いたままで、口調もまた堅苦しい。それが染み付いた個性なのか、カヌレに変える気がないのか、ミトロフには分からない。

しかし、まあ、いいか。

「きみがいてくれて嬉《うれ》しい」

ミトロフは伝えて、もう一度ベッドに横たわった。そのまま水の底に沈むように、深い眠りに落ちる。

すぐに、ふごご、といびきが鳴った。ミトロフの少しばかり上向きの鼻からは、穏やかな寝息とは言えない豪快な音が鳴る。

月にまた雲がかかる。ゆっくりと部屋は暗くなっていく。雲の合間からは柔らかな銀の光がこぼれ落ちている。

傍らに控えたまま、ひとりの少女がミトロフの寝顔をいつまでも見守っていた。

6

探すのは難しくなかった。

なにしろ全身が壮麗な白銀の甲冑である。いくらか街人に声をかければ、あっちで見たよ、こっちにいたよ、と。従って歩いていけば、昼の市場で屋台を前に立つ騎士を見つけた。

「騎士さま、銀貨は受け取れません！」

「良い。釣りはいらぬ」

「そんな畏れ多い！」

ミトロフは少しばかり笑ってから歩み寄り、横合いから銅貨で支払った。

「おや、きみか。もう傷はいいのか」

「ああ、おかげさまで。あなたが剣を止めてくれなければ体重が軽くなっていたところだ」

「痩せるには運動をするほうがいい」

そういう話ではないんだが、とミトロフは苦笑した。

「あなたを探していた」

「なにか用があったかな？」

「いや、見送りだ」

騎士が今日、街を離れることをカヌレから聞いていた。ひどい疲れと痛みはまだ残っているが、ひと晩ぐっすりと眠ったことで、歩くくらいはなんとかなった。

騎士はふ、ふ、と笑う。

「見送りのない出立は寂しいからな。ありがたい」

昼の市場は、夜とはまた違った活気がある。人の往来は密度が高く、屋台の前に立つ騎士を避けるために道が狭まり、この辺りだけがますます渋滞を起こしていた。

ミトロフは騎士に声をかけて歩き出し、市場から外れた小道のひとつに入った。

立ち止まり、向かい合い、ミトロフは一礼した。

「……感謝する」

「剣を止めた礼は先ほどもらったが」

「いや、そのことではない。あなたは初めから、カヌレを連れ戻そうとは思っていなかったのではないか、と。そう考えた」

「奇妙なことを言う」

「あなたと初めて会ったとき、ぼくは古い契約を盾にその場を凌《しの》いだ」

「ああ、契約は遵守されるものだ」

「しかしあなたが本当にカヌレを連れ戻すという目的を持っていたのなら、無視をすれば済む話だった。違約金を払うと言ってもいい。ぼくを叩きのめしたっていい。手段はいくらでもあったのに、あなたはそれを考慮しなかった」

「ほう」

騎士は認めず、否定もせず、ただ頷いた。手応えのない反応だが、ミトロフは気にせず言葉を続ける。

「夜の市場であなたと話したとき、どうにも引っかかる言葉があった」

「なにか言ったかな?」

「覚悟と力がなければ、我儘を貫くことはできない……そしてぼくに、分かるか、と訊いたんだ」

それはミトロフが決闘を挑むという手段を思いつくきっかけになるものだった。

「覚悟と力があれば、我儘を貫いていい——そう言っているように聞こえた」

「なるほど。言葉とは受け取り方で意味が変わるものらしいな」

ミトロフは騎士を見上げる。カヌレと同じように表情は見えない。だから答えは確認できず、もしかしたら、ミトロフの願望であるのかもしれない。

そうであればいい、そうであってほしい。

そんな思いすら込めて、ミトロフは訊いた。

「あなたはカヌレを連れ戻したくなかった。しかし騎士として自らの務めを放棄することもできなかった。だから、誰かに止めてもらいたかった。時間を区切り、まず考える時間を与え、ぼくをそそのかし、そして、ぼくに有利な条件をつけた上で決闘を受けた。あなたは本当は――カヌレを自由にしたかったんじゃないか？」

わずかな沈黙。

ふ、ふ、ふ。と、騎士は笑った。

「ではきみはこう思うのか？　私はわざと負けた、と？」

「思う」

「それはまったく、私に失礼だ。そしてきみにも。たしかに殺しはせぬように手加減はしたとも。しかしあの一瞬は間違いなく本気だった。私はきみの腕を斬り落とし、きみの剣は私に届いた。驚くべきことだ」

遥か高みにある騎士からの褒め言葉に、ミトロフは場違いながらも背筋が震えるような高揚を感じた。

と、同時に、聞き逃さなかった。

「……斬り落とし？　ぼくの腕は、斬り落とされたのか？」

「――おっと。口が滑ってしまった」

「待ってくれ、斬り落とし？　腕が？」

「大丈夫だ。すぐに繋がったよ。あそこの神官は腕がいいな。ふふふ」

「いや、ふふふじゃなくてだな、腕、ぼくの……」

騎士と自分の左腕を交互に見比べる。不安に駆られて力を込める。痛みはあるが、指は違和感なく動いている。

「あの子に口止めをされてな。衝撃が強いからと。なあに、平気だろう、きみも男だ。腕の一本くらい」

そんなわけあるか、と叫びかけて、ミトロフは肩の力を抜いた。

いや、いいんだ、無事に繋がっている……。

なんとか現実を受け入れようとしているミトロフに、騎士は手を差し出した。見れば、短剣を握っている。

「なんだ、これは」

「屋台での食事の礼だ」

「あなたもなんと言うか、律儀だな」

ミトロフは騎士の持つ短剣を見る。傍《はた》から見ても明らかに安物ではない。受け取れるわけがなかった。

断ろうと口を開いたミトロフの機先を制して、騎士は言う。

「妹をよろしく頼む」

「……分かった。任せてほしい」

ミトロフは頷き、短剣を受け取った。ずしりと重たいのは、鉄のせいばかりではない。

満足げに頷いてから、では私はそろそろ行こう、と騎士は言う。

結局、ミトロフの質問には答えていない。うまくはぐらかされてしまった。敵《かな》わないなと嘆息して、ミトロフは袋を差し出した。

「これを持っていってくれ」

「餞別かな」

「〝アンバール〟だ」

騎士は首を傾げる。それはミトロフが負けたときに差し出すはずのものだった。

「金は力だ」

とミトロフは言う。

「我儘を貫くには力がいるんだろう？　それをカヌレの父君に渡してくれ。迷宮で冒険者の真似事《まねごと》をしている馬鹿な貴族の子どもが、カヌレを雇いたいと。そう話せば、あなたにも少しは都合がいいはずだ。いつかカヌレが戻りたいと言ったとき、帰るべき居場所を残しておいてほしい」

騎士は黙ったまま、しばらくミトロフを見つめる。

やがてふっと息を抜くと、ミトロフから袋を受け取った。

「きみはまったく、平凡な少年だ」

「……なんだ、急に」

「剣の腕は、まあ悪くない。しかし奇貨ではない。頭脳も明晰《めいせき》というわけではないだろう。今は金も権力も地位もなく、磨かれてもいない原石だ」

「褒めたいのか貶《けな》したいのか、どっちなんだ」

「誰にも分かる優れたものはなくとも、きみには〝黄金の精神〟が宿っているようだ」

黄金の精神――その言葉を、前にも騎士は口にした。

「なんだ、その〝黄金の精神〟とは」

「さて、きみの言葉を借りるなら〝根性〟だろうな」

「……騎士というのは、言葉ひとつにも華美な装飾を施さないと気が済まないのか？」

「ふ、ふ、ふ。良いじゃないか、華はあるほうがいい」

騎士は袋を掲げる。

「きみの配慮に感謝し、遠慮なく頂こう。本当なら断るべきだが、これは実に欲しくてね」

「ひとつ訊きたいんだが、〝アンバール〟とは何なのだ？　〝甘い蜜〟という隠語しか知らないんだ」

「隠語？　まさに言葉通りだが」

騎士は気負いもなく、あっさりと言った。

「これは迷宮でのみ採掘される〝甘い蜜〟――言わば〝メープルシロップ〟だ」

「……は？」

ミトロフはぽかんと口を開けた。

「その至上の甘さは、ひと舐めするだけで天に梯子《はしご》をかけるようだと、もっぱらの評判でね。特に王妃はこれに目がない。今や社交界の貴婦人たちは〝アンバール〟を手に入れるために大騒ぎというわけだ」

「それは……シロップ、なのか？」

「うむ。見た目は石のようだが、よく熱すれば溶け出すらしい」

「そうか……メープルシロップか」

「どうしたんだ、肩を落として」

「いや――いいんだ。ぼくも〝甘い蜜〟は大好きさ」

エピローグ

ミトロフはここ一週間、迷宮探索を休んでいた。

どうにも一度は斬り離されたらしい腕だが、日ごとに痛みは薄れ、感覚も以前と変わりない。しかし不安はなかなか拭えないもので、しばらく安静にという施療院の医師の言いつけを破るつもりはなかった。

ようやく医師から完治の太鼓判を押されて、ミトロフは久しぶりに冒険者に戻ることができる。

随分と役に立ってくれた小盾は完全に割れてしまった。今ではまた、修復の終えた革のガントレットが左腕を守っている。

ギルド前の広場に向かうと、目立つ黒のローブ姿が見える。背には大きな荷物鞄《かばん》と、丸盾がある。

「カヌレ、待たせた」

「いえ。診察はどうでしたか？」

「完治だ。これですっかり元通りになった」

波乱があったはずなのに、生活はまるで元に戻ったかのようである。ミトロフの前にはカヌレがいて、ふたりはまた、冒険者として迷宮に潜る。

ミトロフの住処《すみか》は、ギルドと提携しているあの安宿から変わっていない。

まったく、ひどい場所だ。毎日、朝も夜も誰かの声で騒がしく、不衛生で、ベッドは狭い。

食事は屋台ばかりだが、最近はカヌレがよく料理の世話をしてくれる。

衣服は古着ではあるが買い直した。なにしろ、騎士との決闘で破れ、血塗《ちまみ》れになってしまった。

変わらないようでいて、少しずつ変わっている。そんな日々を重ねていくことが、今のミトロフの望みであるように思えた。

ふたりはギルドのカウンターに向かう。馴染《なじ》みの受付嬢に挨拶をして、手続きを頼む。

「あら、お久しぶりですね、ミトロフさん」

「少し怪我《けが》をしたんだ」

「もう調子はよろしいんですか？」

「すっかり良くなった。施療院にはずいぶんと世話になった。ぼくの左腕も喜んでいる」

「なるほど、施療院に……ああ、たしかに請求書が来ていますね」

「……そうだった。治療費をまだ払っていなかったな」

いくらになる、と気軽に訊《たず》ねるミトロフに、受付嬢は苦笑を返した。

「ミトロフさん、すごく大きな怪我をなさいました？」

ああ、左腕がちょっと取れてしまったんだ、とは言えなかった。

ミトロフの反応を窺《うかが》うように、受付嬢はおずおずと治療費を告げた。

「——そうか。いや、そうだな、そうだろうな。腕がくっついたんだ。安いくらいだ」

「ミトロフさま、お気を確かに」

ふらりと足元の覚束《おぼつか》ないミトロフの肩を、横からカヌレが支えた。

ミトロフは頭を抱えた。大変な金額だった。

恐ろしい問題に向き合う必要がある、とミトロフは悟った。こんなに難しい問題は他にない。

ひとつだけ残っている〝アンバール〟を売って支払いの足しにすべきか、それとも溶かして食べるべきか、それが問題だ。

王妃が愛する、天上に梯子《はしご》をかけるほどの至上の蜜の甘み――それを、ぼくに諦めろと言うのか？

ミトロフは苦悶《くもん》の表情で天を仰いだ。

「金だ。金が欲しい。この世のすべては金なんだ」

と、ミトロフは呟《つぶや》いた。

了

番外編　蜂蜜の時間

「大丈夫だ、カヌレ。心配ない」

「なりません。お身体《からだ》に障ります」

黒い外套《がいとう》に身を包んだカヌレの顔は、すっぽりとフードに覆われている。その身に刻まれた呪いによって骨身の異形と化した姿を隠すためのものであったが、それはそれで目立つというものだ。

ふたりは冒険者ギルドの広間で問答をしていた。周囲は行き来する冒険者たちで賑《にぎ》わっている。そのうちの何人かは、通り過ぎざまにふたりにちらと目をやっていく。

黒い外套に覆われたカヌレはもちろんだが、冒険者らしくない品の良さを纏《まと》いながら、包帯で厳重に固められた左腕を首から吊《つ》り下げた重傷姿のミトロフも、また人々の興味を惹《ひ》いていた。

「神官も経過は順調だと言っていたぞ」

「順調だからこそ、です。ここで無理をして悪化したらどうなさるのですか」

ミトロフが騎士と大立ち回りを繰り広げてから三日が経《た》っている。

つい先ほど、神官の診察を受け、経過は順調だという言葉をもらった。神官の神秘によって治療はされたとはいえ、大怪我《おおけが》をしたミトロフの左腕は、しばらくは動かさぬようにという指示を受けている。

それでも、すでに痛みもなければ見た目に異変があるわけでもない。経過が順調だと聞かされれば気を抜いてしまうのがミトロフであり、変わらず厳しいのがカヌレである。

「包帯をとって少し動かすくらいなら」

「だめです」

「……カヌレ、ぼくはどうしても風呂に入りたいんだ」

ミトロフは懇願するように眉をさげた。

怪我をして以来、ミトロフの欠かせぬ習慣である大浴場に行けていなかった。怪我だ包帯だとなればそれも当然だが、もう入っても良いのでは、とミトロフは自分に許しを与えたくなっている。

しかしカヌレは「なりません」と首を振った。

「ミトロフさまが入浴を好んでいらっしゃるのは理解しております。ですが大浴場は逃げません。ひと月後も、半年後も入ることができましょう。怪我の具合が良くとも、体調まで完全とは限らないのです。どうかご自愛ください」

「うっ」

カヌレの主張はもっともだった。それも決して自己のわがままではなく、ミトロフの身体を案じてそう言っているのだ。

幼子のように駄々をこねているのは自分の方だ。ミトロフも分かっている。だからこそ強気に屁《へ》理屈《りくつ》をこねるわけにもいかず、むう、と唇を尖《とが》らせるしかない。

「拗《す》ねないでください、ミトロフさま。ミルクエールを差し上げますから」

カヌレが声音も優しく語りかける。

「……蜂蜜のお菓子をエサにして子どもに言い聞かせるかのようだ」

「蜂蜜のお菓子もご用意しましょうか」

せめてもの抵抗を見せた物言いにも、カヌレはくすくすと笑って言葉を返す。

その包容力を前にしては、ミトロフも足掻《あが》くことを諦めざるを得ない。ちょっとばかし拗ねた様子を引き摺《ず》りながら肩を落とした。

「分かった。大浴場は治ってからにしよう」

「お聞きいれくださって幸いです。今日はお好きなものをお作りしますから、どうかご機嫌を直してくださいね」

ミトロフは入浴が好きだが、食べることはもっと好きだった。カヌレの料理の腕は素晴らしい。日ごろ、屋台や大衆食堂で胃袋と食欲を誤魔化しているミトロフにとって、カヌレのご馳走《ちそう》を存分に食べられるのはなによりも魅力的だった。

想像するだけでころっと機嫌は良くなる。

鼻が膨らみ、頬の血色が良くなる。しかし食い意地が張っている男だと思われたくないというプライドもあって、ミトロフはもうちょっとばかし、不満が残っているという態度を見せようとした。

その表情の移り変わりをすっかり見てとって、カヌレはフードの中でこっそりと微笑《ほほえ》んだ。夢のような時間が、まだ続いている。

願えば届くものがある。本当に欲しいものを、自分もまた願っていいのだと、ミトロフの背中に教えられたのだ。

こぼれ落ちたはずの金の砂が、手の中に戻ってきたようである。それをもう二度とこぼしてはなるまいと、カヌレはぎゅっと拳を握った。

「では、市場に買い出しに参りましょう。なにかご希望はありますか？」

「そ、そうだな……昨日は辛い鳥料理を食べたから、今日はあっさりとした味付けの肉料理がいい。いや、魚もいいな。今の季節だとサワラが旬だったか」

「ではサワラとキノコのクリームソースなどはいかがでしょうか」

「最高だ」

ミトロフの顔がパッと明るくなる。口の中によだれがあふれて、不満顔を演じるつもりだったことなどはもう忘れている。

「よし、さっそく市場に向かおう。良いサワラが売っているといいが」

と先導して歩き出す。カヌレが付いて歩くが、すぐにミトロフが立ち止まった。

おずおずと振り返ったミトロフは、頬をほんのりと赤くして言った。

「蜂蜜のお菓子も頼んでいいかな……？」

きょとんとしたカヌレだったが、すぐにくすくすと笑った。ミトロフと出会ってから、自分がこんなに笑う人間だったことを初めて知ったような気がしている。

「もちろんです。たくさんお作りしますね」

「それと、紅茶も」

「はい、紅茶もご用意しましょう」

「……入浴ができないからな、食べることでなんとか気持ちを鎮めているんだ」

「分かっております。明日はいちじくでジャムを作りましょう」

「ジャム！」

ミトロフが目を輝かせた。カヌレはまた笑った。

すれ違った冒険者が、やけに楽しげに歩いていくふたりの背中を見送っている。

あとがき

よく知らない相手との会話で、気安く話題にすると困ったことになる話といえば三つあります。宗教とスポーツと、映画です。

宗教とスポーツに触れないのは他者の信仰心を尊重するものですが、実は映画の話題も危険です。

「え、知らないの？　あの名作だよ。観《み》てないって？　人生損してる！」

それが古い映画だったりしたらさらに最悪。そういう人は話題を共有したいのではなく、自分の趣味嗜好《しこう》や知識をひけらかして、もっともらしいことを言いたいだけなのです。

会話には攻めと守り、イエスとノーがあります。知ってる人しか知らない映画をたとえ話に挙げるなんてのは、自分から目の前の関係性にノーを突き付けることなのです。

ノーは頼りになる言葉です。ノーと言えない日本人、なんて言葉がありましたが、むしろノーという言葉のほうがずっと身近ではないでしょうか。

「え、飲み会ですか。明日はちょっと都合が」とか「ギター？　時間があったらいつかはやってみたいんだけどな」とか「告白？　今のままでいいよ」とか。

僕たちの生活の大半はイエス以外の言葉で成り立っています。

では、もしそんな人間が、ある日すべてに「イエス」とだけ答えるようになったら？

そんな映画が「イエスマン」です。

え？　知らない？　あの名作を観たことがないですって？　それは人生損してますよ！

「太っちょ貴族は迷宮でワルツを踊る」第二巻では、ミトロフとカヌレはイエスとノーを左右の手に握ることになります。

小さな不満はあれど、大きく揺らがない日々。そこに起きた問題は、二人に選択を迫ります。

緩やかなノーの日々は安寧ですが、いつかどこかで大きなイエスを選ばねばなりません。本当に欲しいものを手に入れるときとか。

ただ、イエスって本当にしんどい言葉ですよね。面倒だし、怖いし、疲れるし。

ミトロフは自分にノーと言い続けてきた少年です。ですが幼いころ、自分の意思のままにイエスと答えたものがひとつだけあった。それが今の自分を支えることに繋《つな》がります。

皆さんが子どものころ、自分のためにイエスと答えたものはありますか？　あるいは今からでも、イエスと答えることで違う景色が見られるかもしれません。

僕も30歳を越えて、新しいイエスに挑みました。昔からバイクに乗ってみたかったんです。

教習所に通って、普通二輪免許を取得しました。あとは交通センターに行って手続きをすれば新しい免許証が手に入ります。ちなみに卒業したのは昨年の十月で、このあとがきを書いているのは九月上旬です。卒業証明書の有効期限は一年です。あと一ヶ月《かげつ》で紙きれになってしまうわけです。

じゃあ早く行けって？

いや、ちょっと予定が……時間があれば行きたいんですが……。

さて、今作でも多くの方のご助力を得てこの本を刊行することができました。

編集の樋口《ひぐち》さんには内容のクオリティアップから各種取り仕切りまでがっつりお世話になっております。

イラストレーターの緋原《ひはら》ヨウさんには一巻にも増して魅力あふれるイラストを生み出していただきました。

校正さんには僕の誤字脱字誤用を修正してもらい、装丁さんには美しいこの本のデザインを組んでいただきました。

その他にも僕が気づけぬほど多くの方々のイエスによって、この本が皆さんのお手元に届いています。この場を借りて深くお礼申し上げます。

またお会いできることを祈りつつ。

二〇二三年　九月　風見鶏《かざみどり》

太っちょ貴族は迷宮でワルツを踊る 2

発行　2023年10月25日　初版第一刷発行

著者　風見鶏
イラスト　緋原ヨウ
発行者　永田勝治
発行所　株式会社オーバーラップ
〒141-0031
東京都品川区西五反田8-1-5

校正・DTP　株式会社鷗来堂
印刷・製本　大日本印刷株式会社

ISBN 978-4-8240-0632-5 C0093

【オーバーラップ　カスタマーサポート】
電話　03-6219-0850
受付時間　10時～18時（土日祝日をのぞく）

作品のご感想、ファンレターをお待ちしています

あて先：〒141-0031　東京都品川区西五反田8-1-5 五反田光和ビル4階　ライトノベル編集部
「風見鶏」先生係／「緋原ヨウ」先生係

スマホ、PCからWEBアンケートにご協力ください

アンケートにご協力いただいた方には、下記スペシャルコンテンツをプレゼントします。
★本書イラストの「無料壁紙」　★毎月10名様に抽選で「図書カード（1000円分）」

公式HPもしくは左記の二次元バーコードまたはURLよりアクセスしてください。
▶ https://over-lap.co.jp/824006325
※スマートフォンとPCからのアクセスにのみ対応しております。
※サイトへのアクセスや登録時に発生する通信費等はご負担ください。

オーバーラップノベルス公式HP ▶ https://over-lap.co.jp/lnv/

OVERLAP NOVELS
Author 土竜
Illust ハム
「モブ」に徹したいのに、なんでみんな僕に構うんだ!?
キモオタモブ傭兵は、身の程を弁《わきま》える
実は超有能なモブ傭兵による
無自覚爽快スペースファンタジー!
「分不相応・役者不足・身の程を弁える」がモットーの傭兵ウーゾス。
どんな依頼に際しても彼は変わらずモブに徹しようとするのだが、
「なぜか」自滅していく周囲の主人公キャラたち。
そしてそんなウーゾスを虎視眈々と狙う者が現れはじめ……?

第11回 オーバーラップ文庫大賞
原稿募集中！
イラスト：じゃいあん
【締め切り】
第1ターン 2023年6月末日
第2ターン 2023年12月末日
各ターンの締め切り後4ヶ月以内に佳作を発表。通期で佳作に選出された作品の中から、「大賞」、「金賞」、「銀賞」を選出します。
その物語は、
きっと誰かが
好きな物語。
【賞金】
大賞…300万円
（3巻刊行確約＋コミカライズ確約）
金賞……100万円
（3巻刊行確約）
銀賞………30万円
（2巻刊行確約）
佳作………10万円
投稿はオンラインで！ 結果も評価シートもサイトをチェック！
https://over-lap.co.jp/bunko/award/
〈オーバーラップ文庫大賞オンライン〉
※最新情報および応募詳細については上記サイトをご覧ください。
※紙での応募受付は行っておりません。